KB115080

누가 그를 소멸시켰는가

어느 날 육가공회사 냉동창고에서 얼어 죽은 채 발견된 그는
얼마 전까지 한 고등학교 영어 교사였다

누가 그를 소멸시켰는가

발행일	2024년 8월 7일		
지은이	최도설		
펴낸이	손형국		
펴낸곳	(주)북랩		
편집인	선일영	편집	김은수, 배진용, 김현아, 김다빈, 김부경
디자인	이현수, 김민하, 임진형, 안유경, 신혜림	제작	박기성, 구성우, 이창영, 배상진
마케팅	김회란, 박진관		
출판등록	2004. 12. 1(제2012-000051호)		
주소	서울특별시 금천구 가산디지털 1로 168, 우림라이온스밸리 B동 B111호, B113~115호		
홈페이지	www.book.co.kr		
전화번호	(02)2026-5777	팩스	(02)3159-9637

ISBN   979-11-7224-213-8 03810(종이책)   979-11-7224-214-5 05810(전자책)

(주)북랩 성공출판의 파트너

북랩 홈페이지와 패밀리 사이트에서 다양한 출판 솔루션을 만나 보세요!

홈페이지 book.co.kr • **블로그** blog.naver.com/essaybook • **출판문의** book@book.co.kr

작가 연락처 문의 ▸ ask.book.co.kr

작가 연락처는 개인정보이므로 북랩에서 알려드릴 수 없습니다.

누가 그를
소멸시켰는가

최도설 장편소설

SILENCE

TRUTH

북랩

차례

1.
그 문門

살인보다 더 잔인한 삶.

나는 실용적인 악마일까? 법적으로 죄를 지은 적은 없잖아! 어떤 죄도 짓지 않았는데…… 어느 날부터 나는 감옥에서 살고 있다.

살인을 목격했다. 살인자는 나의 사촌 동생. 이놈은 정말이지 병신이다. 지능이 떨어지는 데다 미친놈이라는 거다. 절대로 몸이 불편한 분들을 폄훼하는 뜻에서 그 말을 입에 담은 것은 아니다. 단지 개떡 같은 나의 상황에 걸맞은 욕설을, 또 조금이나마 죄책감을 덜기 위해 사촌 동생을 향해 욕설을 내뱉었을 뿐. 나도 조금씩 미쳐가고 있는지 모르겠다. 살해당한 자는 내가 기간제 교사로 잠시 일하고 있던 학교의 선생님.

나는 그 선생님의 자리를 차지하고, 그가 받을 급여를 받고, 그가 지도해야 할 아이들 앞에서 그들의 인사를 받으며 삶을 꾸려가고 있다. 내가 운수 좋은 놈인지는 모르겠지만, 확실히 실용적인 놈임은 틀림없다.

냉동창고 감금 살인사건.

내가 침묵하지 않았다면 부장님은 그렇게 허무하게 얼어 죽지는 않았을 텐데……. 운명의 실타래라는 게 그렇게 단순하지는 않으니까 내 탓이랄 수는 없다. 분명한 것은 그해 여름부터 내가 이 지독한 감옥에 갇혀 지내게 됐다는 거. 사람이 사람을 죽이는 일이 역사 속의 장면이건, 신문의 사회면 기사이건, 어느 거리에서의 우발적인 사건이건, 매일 같이 일상적으로 일어나고 있다는 것도 평범한 사실이지 않나. 조금만 참으면 되는데, 쉽지 않다. 참자. 그래 일단 마지막 수업 준비부터 하고…….

나는 또다시 어기적어기적 그 문에 다가간다.

2.
독재자

7월 1일 오후

설현서는 높다란 플라타너스 아래 벤치로 걸어갔다. 텅 빈 운동장 흙모래가 눈에 들어왔다. 햇살에 비친 흙모래는 피어오르는 아지랑이와 함께 강물처럼 반짝였다. 벤치에 앉은 설현서는 운동장을 향해 나지막이 흥얼거리기 시작했다.

"설 부장님!"

"깜짝이야!"

화들짝 놀란 설현서가 뒤돌아봤다. 송민성이 해맑게 웃고 있었다. 그가 몰래 벤치 뒤로 다가와서 설현서의 어깨를 꽉 잡은 것이다. 설현서보다 세 살 위인 송민성은 음악 교사로 1학년을 담당하는 부장이었다. 둘이 허물없이 지내게 된 것은 몇 해 되지 않았다.

3, 4년 전이었을까. 설현서는 송민성의 집들이에 초대받은 적이 있었다. 초대받은 사람들은 집들이 음식 맛도 맛이거니와 그 많은 음식을 송민성의 아내 홀로 차렸다는 사실에 깜짝 놀랐었다. 송민성은 아내 자랑은 팔불출에 들어가서 겸연쩍다면서도, 아내가 식품영양학을 전공한 데다 오래전 조리기능사 자격증 네 개를 취득했다며 자랑을 늘어놓았다. 음악과 음식을 즐기는 송민성의 가정이 설현서는 내심 부러웠다. 설현서는 그날 이후 송민성과 자연스럽게 친해졌다.

　"하하, 쉰이 넘으셨는데 어쩜 그렇게 장난이 여전하십니까?"

　설현서가 농담조로 말했고 송민성은 그의 옆에 앉았다.

　"나이 들수록 장난기가 있어야 젊게 사는 거래요. 근데 뭘 그렇게 흥얼거리고 있었어요?"

　"운동장 모래가 강물처럼 반짝이지 않아요?"

　설현서는 다시 텅 빈 운동장을 바라봤다.

　　"엄마야 누나야 강변 살자

　　뜰에는 반짝이는 금모래빛

　　뒷문 밖에는 갈잎의 노래

　　엄마야 누나야······"

　지긋이 눈 감은 송민성은 설현서의 낮은 목소리에 귀를 기울였다.

이번이 처음이 아닌 듯했다.

"한 여름인데 바람 불어 선선합니다."

"네, 선선하네요."

설현서는 고개를 끄덕이며 플라타너스 나뭇잎 사이로 하늘을 올려다봤다.

"학교도 선선했으면 좋겠는데, 이따 방과 후에 전체 교원 회의 있는 거 아시죠?"

"알다마다요."

"좋은 조직일수록 회의 횟수가 적답니다. 새내기 교감이 혼자서 또 얼마나 떠들지……."

송민성이 말끝을 흐리며 작게 한숨을 내쉬었다.

올해 교감 승진한 천방지는 학교법인 은성학원 이사장의 여동생이었다. 마흔여섯, 비교적 이른 나이에 천방지가 교감이 된 것은 그녀가 이사장의 여동생이기에 가능했다고 봐야 할 것이다. 그녀는 경기도 북부에 있는 은성고등학교를 지방 명문 사학으로 도약시키기 위해 갖은 애를 썼다. 갖은 애를 썼다기보다 교사들에게 갖은 요구를 했다는 게 맞겠다. 요구를 관철하려고 수시로 교사들을 교무실로 소집했고 교감실로 불러들였으니까.

"설 부장님, 세뇌 교육받는 거 같지 않아요? 자기 마음대로 교사들 불러 놓고 했던 말 반복하는 거 말입니다."

"그저 그런가 보다 할 뿐입니다. 회의가 네 시에 시작이죠?"

설현서는 하는 수 없다는 듯 가볍게 대꾸하면서 말머리를 돌렸다.

"넵. 네 시. 저는 먼저 들어가렵니다."

송민성이 기지개를 켜며 일어섰다.

"같이 가시죠."

둘은 플라타너스 그늘 길을 따라 본관 건물로 걸어갔다. 길옆에 향나무가 설현서의 눈에 들어왔다. 자라면서 한쪽으로 뒤틀리고 구부러졌다. 누가 봐도 기형적인 모습이었다. 박정희 대통령 방문 기념식수 표지석이 그 향나무 밑에 있었다.

세계를 선도하고 세상과 화합하라

박정희 대통령 각하

1967. 11. 24.

'기괴하게 한 방향으로 뒤틀린 늙은 나무의 고집스런 모습이 어쩌면 사람의 마음을 닮은 게 아닐까? 사람 마음이란 게……'

설현서는 표지석을 지나치며 생각했다. 그는 올해 은성고등학교 20년 차 영어 교사다. 나이는 쉰. 4년째 홍보부장직을 맡고 있으며 그전 2년은 3학년 부장이었다. 교사로서는 두드러질 것 없는 평범한 커리어였다.

오후 4시에 시작된 전체 교원 회의는 본관 1층 교무실에서 30분간 이어졌다. 천방지의 말이 회의 시간의 8할을 차지했다. 천방지가 교감 승진한 후로 교사들은 회의 시간 내내 그녀의 말을 듣고만 있는 신세가 된 것이다. 주제는 주로 학력 향상 방안과 상위권 학생을 위한 심화 지도 대책이었는데, 오늘은 달랐다.

"거듭 말씀드리지만, 선생님들이 제가 하는 말을 냉정하게 받아들이셔야 합니다. 오해 없기를 바라고요. 학생, 학부모 모두 젊은 선생님을 선호하지 않겠습니까. 안타깝지만 학생도 학부모도 나이 든 교사를 반길 리 없으니까요. 지난 2월에 명예퇴직한 우리 선생님 두 분이 그러시더군요. 학생들은 그대로인데 자기들은 해가 갈수록 나이가 들어서 힘들었다고. 교사가 나이 들면 모든 면에서 학생과 갭이 커질 수밖에 없는가 봅니다. 그래서 학교가 젊어지는 게 중요하고 부득이 그것이 우리 학교가 설정한 목표라는 겁니다. 오늘은 이만하고 내일 아침에 한 번 더 모이겠습니다."

재직 교사의 평균연령을 낮추는 것, 그것이 학교가 아닌 천방지의 목표라는 걸 교사들이 모를 리 없었다. 쉬쉬할 뿐이었다. 내일 아침 또 모인다는 말에 교사들은 입술이 삐죽 나온 채로 소속 부서 교무실로 뿔뿔이 흩어졌다. 각층과 건물마다 학년부, 학생 인권부 등 작은 교무실이 있었다. 홍보부장인 설현서는 1층 교무실에 남았다. 교무부, 연구부, 혁신부, 홍보부, 그렇게 네 개 부서가 1층 교무실에 있었

누가 그를 소멸시켰는가

기 때문이다.

"언제부터 쉰 넘은 교사가 학교 뒷방 늙은이로 전락한 걸까요? 어서 퇴직하라는 거 아닙니까? 학교가 젊어지게. 연식 오래된 노땅은 어서 나가라! 기분 참 거시기하네. 그리고 내일 또 모인대……."

설현서에게 다가온 송민성이 툴툴거렸다.

"그게 교감 마음대로 되겠어요? 정년이 보장돼 있는데……."

"강 건너 불구경하는 거 아네요? 부장님도 올해 오십. 중늙은이 반열에 올랐다고요. 신입 퇴물? 하하."

송민성 얼굴에 장난기가 가득했다.

"송 부장님이 오늘따라 같은 말만 하시네요."

"제가요?"

"아까부터 뒷방 늙은이, 노땅, 중늙은이……."

"퇴물!"

"네, 퇴물. 서글픕니다."

"왜 사람을 미안하게 만드세요. 잊으세요! 하하."

송민성보다 어린 설현서가 오히려 손윗사람 같았다. 감정변화가 잦고 줄곧 투덜대는 송민성과 달리 설현서는 과묵한 편이었다.

다음 날 교사들은 아침 일찍 1층 교무실로 모여들었다.

"안녕하세요."

"좋은 아침입니다."

인사 나누던 교사들이 천방지가 교무실에 들어오자 슬그머니 인사를 멈춰버렸다.

어제 천방지의 예고대로 회의가 시작됐다. 천방지의 말은 어제와 같은 맥락이었으나 표현이 노골적이었다.

"아무쪼록 하반기 명예퇴직 신청 대상인 선생님들은 퇴직을 긍정적으로 생각해 주시길 바랍니다. 이런 말을 선생님들 앞에서 해야 하는 저도 사실 참 힘이 듭니다. 그렇지만 솔직히 퇴직을 부정적으로 생각할 일이 아니지 않습니까? 정말 선생님들을 위해서 드리는 말입니다. 재취업이 용이한 나이에 퇴직해야 인생의 터닝포인트가 되지 않겠습니까? 퇴직을 권고하거나 부추기려는 의도가 전혀 아닙니다. 아시다시피 그럴 수도 없죠……."

회의가 끝난 후 송민성은 설현서 책상 위에 교무수첩을 올려놓으며 말했다.

"설 부장님, 1교시 수업 있어요?"

"아뇨."

"천 교감 너무 심한 거 아녜요?"

송민성이 어느새 설현서 옆에 있던 접이식 의자를 펼쳐 앉았다.

"명예퇴직 말씀이시죠?"

"회의가 아니라 이게 일방적인 교감 연설이지……."

설현서는 자신의 예상이 빗나가자 송민성을 머쓱한 표정으로 쳐다봤다.

"우리 회의가 그렇죠. 거의 정보 전달이잖아요. 그것도 회의는 회의니까."

설현서가 웃으며 말했다.

"교장은 허수아빕니까? 아무리 자기가 이사장 여동생이어도 교장이 바로 옆에 있는데……. 독재자가 따로 없습니다."

송민성은 혀를 내둘렀다.

송민성이 허수아비라고 말한 교장 윤시중은 학교법인 은성학원 이사장의 사돈이었다. 서울 모 사립중학교 평교사였던 그는 작년에 갑자기 은성고등학교 교감으로 승진 임용됐고 올해 교장 취임했다. 소위 낙하산 인사였다. 전례 없는 인사인 걸 본인이 모를 리 없었다. 게다가 그의 옆에는 권력의 실세, 이사장의 여동생 천방지가 있었으니, 그에게서 교장의 권위란 걸 찾기는 쉽지 않았다.

사실 평교사 시절 천방지의 모습은 지금과는 사뭇 달랐다. 조용했다고는 말하기 어렵지만 평범한 교사였음은 틀림없었다. 교감이 되기 전 그녀는 자신이 이사장의 여동생인 걸 불편해하기도 했다. 동료 교사들과 함께 이사장 흉을 보기도 했는데 그 모습이 동료들에겐 소탈하게 느껴졌었다.

"방학 때마다 무슨 재단 워크숍이야?"

"재단 기획 회의도 그래. 기획 회의를 굳이 매달 해야 하는지 모르겠어."

"이사장한테 보고하는 문서 있잖아. 학교 운영 실적보고서랑 익월 기획보고서 작성은 안 해도 되지 않아? 그런 게 불필요한 업무 아니겠어? 학교에 상주하지도 않으면서 은근히 간섭이 심해서."

평교사 천방지는 그렇게 이사장에 대한 불평을 토로하기도 했었다.

자리가 사람을 만드는지 천방지의 소탈함은 진즉에 사라졌고 그녀의 평교사 시절 모습은 반년도 안 돼 사람들의 기억에서 까맣게 잊혔다.

학교법인 은성학원에는 이사장이 주관하는, 평교사 천방지가 불필요하다고 말하곤 했던 재단 기획 회의가 있었다. 월 1회 열렸고 참석 대상은 교장, 교감, 교무부장, 행정실장이었다. 한편 그 회의를 주도하는 사람은 다름 아닌 교감 천방지였다. 이사장의 기세와 고집이 여간하지 않았다는데 천방지는 그보다 심하면 심했지, 덜하지 않다는 말이 회의에 참석했던 교무부장과 행정실장의 입에서 흘러나왔다. 말하자면 재단 기획 회의는 천방지의 계획을 승인하는 자리에 불과하다는 것이었다. 학교 조직 개편, 교사 부서 배치, 기간제 교사 채용 등등 거의 모든 의사 결정이 천방지의 의도대로였기 때문이다.

"독재자! 흠, 이사장 여동생이니까 교감은 학교가 '자기 것'이라고 생각하지 않겠어요?"

설현서가 말했다.

"그만 투덜대고, 설 부장님처럼 그러려니 해야 하는데 저는 잘 안 되네요. 참, 교감이 부장님한테 따로 김동화 선생님 얘기하지 않던 가요?"

김동화는 휴직 중인 교사였다.

"김동화 선생님이요?"

"그저껜가? 교감이 음악실까지 찾아와서 김동화 선생님 얘길 꺼냈어요. 다른 부장 교사들한테도 한 줄 알았는데 특히 설 부장님이 김동화 선생님하고 친해서……."

"저한테는 아직……. 근데 김동화 선생님 얘길 왜……?"

"다음에, 다음에 얘기하죠"

미주알고주알 말하기 좋아하는 송민성이 대답을 미뤘다. 그는 설현서 책상 위에 놓았던 교무수첩을 들고 뭣 때문인지 쫓기듯 자리를 떠났다.

휴직 중인 김동화는 설현서와 학교법인 은성학원 임용 동기였다. 설현서와 김동화가 친해진 건 9년 전이었다. 당시 둘은 2학년 담임을 맡았고 처음으로 같은 부서, 같은 교무실에서 생활했다. 그 무렵 설현서는 전에는 몰랐던 김동화에 대한 여러 사실을 알게 됐다. 특히 김동화는 예술가 기질이 다분했다. 사회 교사인 그는 학생밴드 동아리를 담당했는데 그건 그의 독특한 이력 때문이었다. 교사가 되기 전에 아마추어 밴드 기타리스트로 활동했고, 오래전 일이지만 전라도 광주에서는 전자 기타리스트로 꽤 유명했다고 한다. 그는 기타는 물론 피아노 연주도 수준급이었다.

김동화는 현재 질병 휴직 중이다. 술, 담배가 원인이었다. 그러나 동료 교사 중에 누구도 그의 알코올 의존성의 심각성을 눈치채진 못했었다. 지난해 11월까지는.

지난해 11월 김동화는 건강검진을 받은 직후 며칠 결근한 적이 있었다. 간이 상당히 나빠져 있었고 대장에서 용종도 서너 개 발견되었기 때문이다. 무엇보다 알코올 의존성이 문제라는 소문이 교무실에 파다했다.

"병마와 싸워 꼭 이기고 돌아오겠습니다!"

휴직하기 직전 김동화는 1층 교무실에서 마이크를 잡고 그렇게 인사했었다. 그의 목소리는 우렁차고 밝았다. 유머도 느껴졌다. 지금이 7월이니까 김동화는 5개월째 휴직 중이다. 한 학기 질병 휴직이므로 그는 2학기(9월)에 복직한다.

3.
사직 권고

1교시 수업 종료를 알리는 음악이 교내에 흘러나왔다. 그와 동시에 대여섯 명의 여학생들이 우르르 교무실로 몰려들었다.

"여기가 교실이니? 교무실이잖아! 뛰어 들어오지 좀 말자!"

설현서가 말했다.

"영어 샘 보러 온 거 아니거든요."

한 학생이 쏘아붙였다. 뭐가 못마땅한지 두세 명은 설현서를 흘겨보기도 했다.

여학생들은 기간제 교사 이성현을 순식간에 에워쌌다.

"선생님, 방학 때 뭐 하실 거예요?"

"스페인 가신다잖아."

"정말요?"

"우리 대학생 되면 같이 여행 가면 안 돼요?"

여학생들의 질문 공세에 이성현은 뻘쭘했는지 황급히 자리에서 일어났다.

"얘들아, 덥다. 좀 비켜줄래! 부장님께서 말씀하셨잖아. 여기 교무
실이야. 막 들어오면 안 되거든!"

이성현이 설현서에게 고개 숙여 인사하고 교무실 밖으로 나가자 여
학생들은 그 뒤를 오리 새끼처럼 졸졸 따라 나갔다.

"이성현 선생이 진짜 인기가 많아요."

설현서 앞에 앉은 일본어 교사 고영민이 말했다. 고영민과 이성현
둘은 홍보부 소속이어서 설현서 책상 앞에 있었다.

"이미지가 깨끗하고 환해요. 학생들 수업 만족도 높은 것도 아시죠?"

이성현의 인기는 설현서도 인정했다.

"알고말고요."

"이 선생 때문에 사탐(사회탐구영역)에서 사회문화 선택하는 학생들
이 꽤 늘었어요."

김동화가 1학기 질병 휴직하면서 후임으로 채용된 이성현은 부임하
자마자 여학생들의 인기를 독차지하다시피 했다. 처음에는 젊은 총각
선생이란 이유로 유독 여학생들이 그를 따랐지만, 시간이 지나면서
그의 수업이 인기를 끌었다. 그래서 남녀 가릴 것 없이 모든 학생에게
그의 인기가 높았다. 3학년 교실에서 웃음소리가 터진다면 그 수업은
십중팔구 이성현의 수업이었다.

여학생들이 이성현을 따라서 밀물과 썰물처럼 들어왔다가 사라진 직후 설현서에게 내선전화가 왔다. 발신 번호 701.

"교감 선생님, 홍보부장입니다."

"설 부장님, 지금 시간 있죠?"

"바로 2교시 수업이 있는데요."

"시간표상으론 수업이 없던데?"

"수업 교환이 있었습니다."

"3교시는요?"

"없습니다."

"그럼 3교시에 잠시 얘기할 수 있을까요?"

"네, 알겠습니다."

천방지의 갑작스러운 보직 교사 호출은 일상이어서 설현서는 담담히 대답했다.

3교시 수업이 시작되자마자 설현서는 교감실로 향했다. 교감실에 가기 전에 급히 화장실에 들렀는데 거기서 두 사람과 마주쳤다. 이성현과 행정실 주무관 천석일이었다. 이사장의 조카인 천석일은 지적장애가 있었다. 장애인고용법에 따라 의무 채용된 것이다. 그런데 목소리를 낮추고 딱 붙어서 이야기하던 이성현과 천석일이 설현서와 눈이 마주치자 어색한 분위기가 연출됐다. 젊은 사람 둘이 황급히 말을 멈추고 멋쩍게 나가버린 것이다. 설현서가 무안할 지경이었다. 그럴 수 있는 일이지만 설현서는 '뭐 그렇게까지……' 하는 생각이 들었다. 공연히 뒷방 늙은이, 노땅, 중늙은이, 퇴물 등 송민성의 말이 머리를 스치기도 했다.

설현서가 교감실 앞에 섰다. 사실 교감실은 없던 공간이었다. 지난해까지 커다란 교감 책상은 교무실 중앙에 평교사들 책상과 더불어 있었다. 교무실과 분리된 교감실은 천방지가 교감이 되면서 만들어진 것이다.

"설 부장님, 요즘에도 글 쓰나요?"

설현서를 보자 천방지가 회의용 탁자 앞에 앉으며 물었다.

"글이요?"

"소설 말입니다."

"아, 아뇨."

설현서가 글을 쓰면 인생이 바뀐다는 어느 작가의 말을 따라 습작을 시작한 것이 2년 전이었다. 습작한 글이 아까워서 중소출판사에 투고했는데 운 좋게 한 출판사에서 연락이 왔었다. 설현서는 그것이 참 신기하다고 생각했었다.

"영문학 전공했으니 설 부장은 글 쓸만하지. 아무튼 곧 여름방학이네."

"네, 시간이 참 빠릅니다."

천방지는 오른손을 탁자 위에 올려놓고 검지로 글씨 쓰는 시늉을 했다. 뜸을 들이던 천방지가 입을 열었다.

"김동화 선생님 복직하려고 하는 거 알고 있죠?"

"네?"

설현서는 저도 모르게 되물었다. 김동화의 복직은 당연한데 '복직하려고'라는 표현이 이상하게 들렸다. 마치 복직하면 안 되는 사람이 복직하기 위해 애쓴다는 뉘앙스였다.

"왜 그 선생님 2학기에 복직하잖아요?"

"네."

"근데 설 부장님, 난 김동화 선생하고 근무할 수가 없어요."

설현서는 귀를 의심했다. 커진 눈과 굳은 표정으로 천방지를 한번 쳐다봤다.

"내가 김동화 선생님하고 친했던 건 알죠?"

"잘은 몰라도 짐작은……."

"알고는 있다는 거네요?"

천방지가 씁쓸한 미소를 지었다.

설현서는 당황스러웠다. 급히 천방지의 말을 이해해 보려고 노력했다. 설현서가 천방지와 김동화의 관계에 대해 아는 것은 대략 세 가지였다. 학생뿐 아니라 교사들도 악기를 잘 다루는 김동화를 좋아했는데 천방지도 김동화를 좋아하는 교사 중 한 사람이었다는 거. 17, 8

년 전에 두 사람이 진지하게 사귀었으나 돌연 좋은 동료로 남기로 했다는 오래된 소문. 최근까지 그러니까 지난해와 올해 초에도 몇몇 선생이 교직원 회식 자리에서 둘이 손잡는 모습을 목격했다는 거.

설현서는 자신이 직접 본 게 아니면 믿지 않는 사람이어서, 김동화와 천방지가 과거에 사귀었다거나 최근까지 손을 잡았다거나 하는 이야기를 뜬소문으로 치부했다. 그것이 사실이라 해도 설현서는 알 바가 아니라고 생각했을 것이다.

"내가 김동화 선생님을 잘 알아요. 그 선생님 과오가 너무 많아."

천방지는 단호했다. 충격적인 건 이어진 그녀의 말이었다.

"내 입으로 일일이 말하기 뭐하지만 말이에요. 분명한 건 그 선생은 학생들 앞에 설 수 있는 사람이 아니라는 겁니다. 서서는 안 돼요. 알코올 의존성만 해도 그렇잖아?"

설현서는 말문이 막혔지만, 김동화를 위해 한마디 변론이라도 해야 할 것 같았다.

"교감 선생님, 김동화 선생님 과오를 저는 사실 잘 모릅니다. 오히려 저는, 김동화 선생님의 좋은 모습을 많이 봤거든요. 분명히 말씀드릴 수 있는 건, 학생들이 김동화 선생님을 잘 따른다는 겁니다. 특히 밴드부 아이들이 그렇습니다. 건강은…… 건강은 다행히 회복해서 그래서 복직하는 거 아닌가요?"

"최근 몇 년 그럭저럭 괜찮았지."

천방지의 한쪽 뺨이 씰룩였다.

"설 부장이 음악 선생님하고도 친하죠?"

"송민성 부장 말씀인가요?"

"네, 송 부장."

"자주 이야기 나누는 편입니다."

"예전에 송 부장하고 김동화 선생, 방과 후에 음악실에서 술 먹는 게 예사였어요. 술 마시고 야간 자율학습 감독을 했으니, 참. 내가 그때 교무부장이었는데, 학생, 학부모 민원 수습하느라 얼마나 애먹었는지 아무도 모를 겁니다. 아, 설 부장님도 기억나죠? 김동화 선생 의식 잃고 쓰러져서 구급차에 실려 갔던 거. 그 선생이 어쩌다가 가슴 통증 호소할 때가 있어요. 뇌전증인지 심근경색인지……."

설현서는 고개를 끄덕였다. 사이렌을 울리면서 교내에 들어오는 구급차 광경이 흔한 일은 아니었다.

"하여튼 다 그놈의 술, 담배 때문이지. 이참에 김동화 선생님이 온전히 자기 건강을 위해서 사직이든 퇴직이든 학교를 떠나는 게 맞지 않나 싶은데……."

천방지의 노골적인 말이 반복됐다.

'사직 권고! 교감이 음악실까지 가서 송 부장에게 김동화 얘길 꺼냈다는 게…….'

문득 설현서는 생각했다.

"김동화 선생님 얘기는 다음 주 부장 교사 회의 때 한 번 더 하게 될지 모르겠어요."

천방지가 말했다.

누가 그를 소멸시켰는가

4.
집단 최면

교육청 옆 카페 인연因緣

퇴근길에 설현서는 차를 교육청 방향으로 돌렸다. 고즈넉한 주차장에 도착한 설현서는 카페 네온사인을 한번 바라본 다음 안으로 들어갔다. 카페 인연因緣에 올 때마다 앉는 자리, 설현서는 한쪽 귀퉁이에 있는 테이블로 걸어갔다. 카페엔 손님이 많지 않았다.

인연因緣은 설현서의 대학 후배 김진이 운영하는 카페였다. 몇 해전 모교 학과 모교 방문의 날 행사에 갔던 설현서는 20년 만에 진을 만났다. 마침 카페 창업에 관심이 있던 진에게 현재 인연因緣의 자리를 소개한 이가 설현서였다.

진이 에스프레소 잔을 놓으며 설현서 앞에 앉았다. 설현서는 커피 한 모금을 입안에 머금었다. 말없이 마주 앉은 두 사람의 모습이 얼핏 오래된 연인 같았다.

"잘 지냈어요?"

진이 물었다.

"음. 너는?"

"……."

설현서의 물음에 진은 말없이 고개만 끄덕였다.

"요즘은 무슨 생각 하세요?"

"요즘? ……나이 든다는 거, 사람들의 뒷담화, 그런 거."

"나이 드는 게 서글프다는 것처럼 들려요."

설현서는 고개를 끄덕였다.

"나이 들면 마음에 여유가 생겨서 좋은 거 같은데. 30대 때 저는 참 서툴렀어요. 서툰 딸, 서툰 아내……. 친구들은 나이 드는 게 싫다는데, 저는 그렇지 않아요."

진의 말에 설현서는 미소 지었다.

"선배, 사람 셋이 모이면 무슨 일이 일어나는지 알아요?"

"……."

"어떤 사람이라도 속물로 만들 수 있대요."

"씁쓸하다."

"엄마가 그러셨어요. 좋은 말은 퍼트리고 나쁜 말은 다른 사람에게 옮기지 말라고. 그런데 현실은 반대잖아요. 저는요 가끔, 비방에 귀가 솔깃하고 남 헐뜯는 게 인간 본성이 아닌가 생각해요. 여기 오시는 손님들, 공통점이 있어요."

"남 흉보는 거?"

"네, 흉보는 거. 교장, 장학사, 부하직원, 직장 상사, 동료 직원, 아내, 남편, 타인은 물론이고 가족까지 흉보는 거죠. 남의 허물은 크게 보이나 봐요. 학교 선생님들이라고 예외겠어요?"

설현서는 잔을 내려놓으며 웃어 보였다.

"왜요? 왜 웃어요?"

"전에는 조용히 앉아만 있더니 오늘은 그렇지 않아서."

"제가 말이 많았죠?"

"아냐. 좋아. 나이 든다는 거, 사람들 뒷담화에 대한 답변, 잘 들었어."

설현서는 자리에서 일어섰다.

"가시게요?"

"음."

진이 카페 현관까지 설현서를 배웅했다. 설현서는 차에 시동을 걸고 집으로 향했다.

설현서의 집은 교육청에서 차로 15분 거리였다. 마음만 먹으면 퇴근길에 언제든 들를 수 있는 곳이 카페 인연이었지만 자주 들르지는 않았다. 교육청 출장이 있을 때나 오늘처럼 문득 생각이 나면, 들르곤 했다. 오래 머무르지도 않았다. 마치 수면 위로 올라온 고래가 숨을 들이쉬고 토한 후 사라지듯, 인연은 설현서에게 고래의 수면 위, 숨통이 트이는 공간과 같았다.

설현서의 시선이 자동차 기어봉 앞 공간에 놓아둔 스마트폰에 닿았다. 아내 김미영의 부재중 전화가 와 있었다. 아내에게 전화했다.

"전화했었어?"

"왜 이렇게 전화를 안 받아?"

"운전 중이었어."

"연재는 친구들하고 아웃렛 갔고 연희는 학원에서 늦는대."

연희는 고2인 설현서의 첫째 딸, 연재는 중3 둘째 딸이었다.

"연재는 학원도 안 다니면서 만날 늦는 거 아냐?"

"금요일이잖아. 얼마나 놀고 싶겠어."

"오늘이 벌써 금요일인가?"

"된장찌개 끓여 놨어. 그거 해서 저녁 먹어."

설현서의 아내는 미술학원 원장이었다. 그녀는 매일 밤 10시가 넘어야 퇴근했고 주말에는 더 바빴다.

월요일 아침 교장실

은성고등학교는 매주 월요일 1교시에 부장 교사 회의를 했다. 학교 관련 중요 사항이 그 회의에서 모두 논의되었다. 부장 교사 회의는 기획위원회와 다름없었다.

설현서는 회의 참석을 위해 교장실로 향했다. 다른 부장 교사들도 속속 교장실로 모여들었다. 교장, 교감, 교무부장, 세 사람이 먼저 자리에 앉아 있었다. 천방지와 교무부장 이진종이 서로 귓엣말하며 뭔가를 의논하는 눈치였다.

부장 교사들이 자리를 채우자, 교무부장이 A4 한 장짜리 문서를 부장 교사들에게 나눠주었다. 문서는…… 김동화의 지난 행적이 기록된 문서였다. A4 앞뒷면이 전적으로 특정인의 근태를 비난하는 글로 빼곡했다. 두세 개를 제외하고 모두 10여 년 전 혹은 그보다 더 오래전 일이었다.

설현서는 도대체 학교에서 무슨 일이 벌어지고 있는 건지 몰라 정신이 멍해졌다. 교무부장이 배포한 문서가 무엇을 의미하는지 짐작하고 싶지도 않았다. 설현서는 동료 교사를 비난하는 글을 끝까지 읽어 내려갈 수 없었다.

모두가 고개를 숙이고 글을 읽는 동안 정적이 이어졌다. 설현서 홀로 고개를 들었다.

'이걸 읽고 어떡하라는 거지? 이걸 가지고 소속 부서 선생님들에게 김동화 선생님이 과거에 이런 과오가 있었다. 그러니 교사로서 품위와 자질이 부족하다. 참 나쁜 사람이다. 뭐 그렇게 말하라는 건가?'

설현서는 가슴이 두근거려 좀체 마음이 진정되지 않았다. 그러나 그뿐이었다.

교무부장은 교감과 눈빛 교환하더니 나눠줬던 문서를 황급히 회수했다. 문서가 갑질 혹은 직장 내 괴롭힘에 해당하며 그 증거가 될 수 있음을 뒤늦게 인지한 것 같았다. 설현서는 어처구니가 없었다.

천방지가 입을 뗐다.

"읽어보셨으니까 바로 말씀드릴게요. 김동화 선생님의 퇴직, 사직을 권고하려는 게 절대 아니라는 말씀 먼저 드립니다. 적어도 부장 교사들은 김동화 선생님의 상황에 대해 이해하고 있어야 한다고 생각했습니다. 그래야 그 선생님에 대한 오해 소지가 없을 테니까요. 전적으로 퇴직, 사직의 판단은 해당 교사에게 달린 거 아니겠습니까."

천방지가 말하는 동안 부장 교사들은 병든 닭처럼 고개를 숙이고 있었다. 교장도 마찬가지였다. 고개를 숙이고 앞을 보지 않으려는 교사들의 모습이 마치 집단 최면에 걸린 것 같았다.

천방지의 말이 끝나자 정상적인 회의가 진행되었다. 약속이나 한 듯 아무도 문서에 대해 언급하지 않았다. 이 또한 설현서에겐 집단 최면에 걸린 모습 같았다.

설현서는 맞은편 교사들을 바라봤다. 그들의 시선은 하나같이 각자의 교무수첩에 떨어져 있었다. 설현서의 시선이 송민성의 교무수첩에 닿았다. 설현서 바로 옆이 송민성의 자리였다. 그는 여느 때처럼 삼각형, 사각형, 동그라미를 겹쳐서 그린 다음 교집합 공간을 볼펜으로 새까맣게 칠하고 있었다. 도형 위에 자기 이름 '송민성'을 여러 번 반복해서 쓰기도 했다. 유치하고 허튼짓으로만 보였던 그 모습이 설현서는 왠지, 지금은 공감이 가는 것이었다.

"설 부장!"

"홍보부장님!"

천방지가 두 번이나 설현서를 불렀으나 그는 천방지의 목소리를 인지하지 못했다. 송민성이 설현서의 팔뚝을 툭 쳤고 그제야 설현서는 천방지의 눈을 바라보았다.

"설 부장, 멍하니 뭐 하는 거예요?"

"아, 아무것도 아닙니다."

"학교 홍보 팸플릿 초안, 9월 초에 볼 수 있을까요?"

"네, 가능합니다."

"방학 동안 초안 작성, 부탁 좀 드립니다."

"알겠습니다."

"교장 선생님, 하실 말씀 없으시면 회의 마칠까요?"

천방지가 교장을 쳐다봤고 교장은 고개를 끄덕였다.

"회의 마치겠습니다. 이번 주도 수고해 주세요."

교장이 말했다. 부장 교사 회의 때 '회의 마치겠습니다. 이번 주도 수고해 주세요.' 이외에 교장이 다른 말을 한 적은 없었다.

송민성은 교장실을 나오면서 혼잣말을 했다.

"뭐 하러 거기 앉았는지 몰라."

송민성은 아무것도 못 하면서 교장 자리에 앉았다며 교장 윤시중을 비난했다.

오전 내내 마음이 편치 않았던 설현서는 점심 식사 후에 산책 삼아 후문 밖으로 나갔다. 산책보다는 김동화와 전화 통화할 요량이었다. 설현서는 차마 교무실에서는 통화할 수 없다고 생각했다. 경력 교사의 퇴직과 사직을 종용하는 학교 분위기와 이를 주도하는 천방지를 자칫 언급할 수 있어서였다.

"설 부장, 오랜만이야."

김동화의 목소리가 나쁘지 않았다. 김동화가 설현서보다 한 살 많았다. 임용 동기이고 한 살 나이 차이라 설현서도 말을 놓을 만한데 그는 그러지 않았다.

"안녕하셨어요? 종종 전화했어야 했는데 미안합니다."

"다 그렇지 뭐. 별일 없고?"

"네, 별일 없어요. 건강은 좀 어떠세요?"

"아주 좋아. 술을 완전히 끊었으니까."

"대단하십니다."

"아내가 고생했지. 뭐."

"복직하기 전에 학교 한번 안 오세요?"

"실은 갔었어."

"그래요? 언제요?"

"2주 됐지."

"그럼, 그때 얼굴 좀 보여주시지 않고서요."

"기숙사 앞에서 교무부장만 만나고 그냥 왔어."

"교무실은 들르지도 않았어요?"

"……."

"선생님 듣고 계세요?"

"설 부장, 혹시 말야. 학교에서 내 얘기, 하지 않아?"

"2학기에 복직할 거란 거 말고는, 별로요."

"설 부장, 지금 교무실이야?"

"아뇨, 후문 밖입니다."

"그럼, 옆에 아무도 없지?"

"없어요."

"……교감하고 교무부장이 찾아왔었어."

"어디를요?"

"얼마 전에 우리 집 앞에서 만났었어. 여러 선택지를 제시하더라고. 휴직 연장, 명예퇴직, 사직. 터닝포인트가 될 수 있으니까 사직도 괜찮지 않냐는데 말이 되는 소릴 해야지?"

김동화는 한숨을 내쉬며 이어 말했다.

"학교 갔을 때 교무부장이 그러더라. 나 때문에 이사회 열 것 같다고. 인제 와서 내 과거 잘못을 따져보겠다는데…… 처음엔 화가 치밀어 올라서 며칠 동안 잠을 못 잤어. 그런데 지금은…… 지금은 내가 정말 교사로서 자격이 있는가 싶어."

차분했던 김동화의 목소리가 점점 격앙되다가 다시 사그라들었다. 설현서는 하마터면 김동화의 말을 끊고 오늘 부장 교사 회의에서 있었던 일을 언급할 뻔했다.

"아침에 송 부장한테 전화가 왔었어. 부장 교사 회의 때 문서 돌렸다며? 내가 저지른 잘못, 실수를 날짜별로 기록한 문서."

"그게……."

설현서는 말을 잇지 못했다. 부장 교사 회의 당시 문서는 분명 그의 퇴출 명분이었기 때문이다.

"설 부장, 난 마당에 나가봐야겠어. 요즘엔 마당에서 풀 보는 게 일이야. 나중에 또 통화해!"

5.
복직

학기 말이 되면 몇몇 교사들이 입버릇처럼 번아웃 증후군을 호소하곤 했다. 성적처리와 더불어 성적 통지표 안내문 작성을 해야 하고 자율, 동아리, 봉사, 진로활동과 과목별 세부 기록 등 학생들의 한 학기 히스토리(생활기록부)를 완성해야 했기 때문이다.

설현서도 생활기록부 작성에 여념이 없었지만, 다른 교사들처럼 여유가 없지는 않았다. 항상 이른 출근을 좋아하는 그는 업무 대부분을 아침에 처리했다. 아이러니하게도 업무시간에는 업무를 방해하는 변수가 많았기 때문이다. 교감의 호출, 불쑥 찾아오는 학생, 부질없이 말 걸어오는 동료 교사, 예상치 못한 공문처리 등이 그것이었다. 주어진 일을 처리하면서 바쁘게 지내다 보니 어느새 방학이 되었다.

설현서는 방학을 주로 도서관에서 보냈는데 시원한 에어컨 아래서 책을 읽고 글을 쓰며 소일했다. 천방지가 9월 초에 보여달라는 신입생 대상 학교 홍보 팸플릿 초안도 도서관에서 작성했다.

"시간이 왜 이렇게 빠른지 모르겠다."

이 말을 설현서는 방학 동안 하루에 한 번은 꼭 했다. 교사의 특권이랄 수 있는 방학이 끝나가고 있었다. 벌써 며칠 후면 개학이다.

오랜만에 김동화에게서 전화가 온 것은 개학 이틀 전이었다. 방학 동안 설현서와 김동화는 몇 번 문자를 주고받기는 했지만, 통화는 처음이었다.

"안녕하세요, 선생님."

"설 부장, 내가 왜 전화했을 거 같아?"

"아, 좋은 소식 있으면 전화한다 하셨죠?"

"그치."

"뭐예요? 무슨 좋은 소식입니까?"

"민원이 무섭긴 무서운가 봐. 일전에 교무부장이 전화해서 또 사직 얘길 꺼내길래, 내가 딱 세 가지를 얘기했어."

"세 가지요?"

"도 교육청 '갑질 및 직장 내 괴롭힘 신고센터' 신고, 교육공무원법 제43조 2항과 사립학교법 제56조 의사에 반한 휴직과 면직 등의 금지 조항 '교원은 권고에 의해 사직을 당하지 아니한다', 끝으로 처남이 전교조(전국교직원노동조합) 충남지부 사무처장이라는 거."

"처남이 전교조 사무처장이에요? 하여튼 그래서요?"

"오늘 또 교무부장 전화가 왔어. 지난 일 없던 거로 해 달라며 간곡히 부탁하는데, 교무부장이 불쌍한 거 있지. 솔직히 말하더군. 천방지가 나 대신 채용된 기간제 교사를 정교사로 채용하려 했다고."

"정말요?"

설현서는 짐짓 놀란 어조로 물었다. 그간 천방지가 보여준 언행으로 보아, 그녀의 속내는 짐작하고도 남았다.

"젊은 사람이 잘하니까 욕심이 났던 게지. 아무튼 처남 도움이 컸어. 처남이 그러는데 교사들 참 순진해서 학교에서 퇴직 압박하면 제 풀에 물러나는 일이 많대. 그래서 세게 대응해야 한다는 거야. 설 부장한테도 고마워. 마음 써줘서."

"제가 뭘 했다고……."

"참, 이달 말에 학교 가. 그, 이성현 선생님인가?"

"기간제 교사요?"

"어."

"네, 이성현 선생님."

"그 선생님한테 인사도 할 겸, 밴드 지도 잘해줘서 고맙다는 말이라도 해야지. 이달 말에 설 부장 얼굴 봅시다."

"네, 알겠습니다. 그때 뵙겠습니다."

설현서는 김동화를 본관 교무실에서 볼 수 있었다.

"병마와 싸워 이기고 돌아왔습니다! 잘 지내셨죠?"

김동화의 활기찬 목소리였다. 그는 환하게 웃으며 동료 교사들에게 일일이 인사하고 있었다. 설현서와도 반갑게 악수를 나눈 김동화는 설현서의 손을 잡더니 슬며시 그를 복도로 데리고 나갔다. 때마침 복도 저쪽에 이성현의 뒷모습이 설현서의 눈에 띄었다. 이성현 옆에는 주무관 천석일이 있었다.

"이 선생님!"

설현서가 이성현을 불렀다. 김동화에게 인사시킬 참이었다.

"부장님!"

이성현이 설현서 쪽으로 걸어와서 90도로 허리를 굽혀 인사했다.

"이 선생님, 이쪽은 김동화 선생님이에요. 김동화 선생님, 이분이 이성현 선생님."

설현서가 두 사람 사이에 서서 말했다.

"안녕하십니까, 이성현입니다."

"지난 2월에 한 번 봤었죠?"

김동화가 물었다.

"네, 그때 뵈었습니다."

"한 학기 동안 수고가 많았어요. 그리고 밴드 동아리 잘 지도해 줘서 정말 고마워요."

"별말씀을요. 제가 한 게 아무것도 없습니다. 학생들이 알아서 잘해서요."

이성현이 뒷머리를 긁적였다.

"이 선생님은 오늘이 마지막 출근이죠?"

설현서가 물었다.

"네."

"내가 이제야 물어보네. 2학기엔 어느 학교에서 근무해요?"

설현서는 이성현이 다른 학교 기간제 교사 채용에 지원해서 당연히 합격했을 것이라 여겼다.

"실은 임용고시 준비하고 있습니다."

"그래요? 이 선생님은 단번에 합격할 겁니다. 응원할게요."

설현서가 미소 지으면서 응원의 의미로 주먹 쥔 손을 들어 보였다.

"감사합니다."

"천 주무관이 기다리는 거 같은데 어서 가 봐요."

"그럼 이따 뵙겠습니다."

이성현은 천석일 쪽으로 갔다.

"선생님 얼굴이 맑아지셨어요."

설현서가 김동화 얼굴을 빤히 쳐다봤다.

"그래? 먹고 자고 먹고 자고 하니까. 하하."

"선생님 얼굴 뵈니까 기분이 좋네요."

"나도 좋아. 다음 주부터 교실에서 학생들 만날 생각하니 기운이 나."

"그쵸. 근데, 천 교감은 만나보셨어요?"

"아니. 교감이 부르면 모를까 일부러 인사하러 가기가 그래. 아무튼, 난 이따 행정실 들렀다가 집에 가려고."

"송 부장님은 보셨어요?"

"아니."

"보고 가시지 않고요?"

"다음 주부터 매일 볼 텐데, 뭐."

"설 부장님!"

고영민이 복도로 나와서 설현서를 불렀다.

"교감 선생님이 부장님 찾으시는데요!"

"교감 선생님이?"

"설 부장, 볼일 봐! 난 후문 밖에서 담배 한 개비 피우고 집에 갈게."

김동화는 돌아서서 밖으로 나가려 했다.

"담배 끊으신 거 아니었어요?"

"술만 끊었지. 하하."

설현서는 픽 웃으며 교무실로 들어갔다. 교감실에 가기 전에 습관처럼 교무수첩을 챙기려 했다. 그때 스마트폰 진동이 울렸다. 아내의 문자였다.

-내일 아버님 뵈러 가기로 한 날인데 난 학원 때문에 못 가. 연희, 연재도 친구들하고 약속 있어서 못 간대.

설현서의 아버지는 치매와 파킨슨 질환으로 5년 전부터 요양병원에 있었다. 내일은 설현서의 가족이 요양병원에 가기로 한 날이었다.

"메시지 못 봤어요? 카톡은 읽지도 않고 말야."

천방지가 쏘아붙였다.

"죄송합니다. 김동화 선생님하고 얘기하느라고요."

설현서가 김동화를 언급하자 천방지의 표정이 굳어졌다.

"설 부장, 홍보 팸플릿 있잖아요. 그래프 하나 삽입했으면 해서."

천방지는 교사의 연령대별 분포를 보여주는 원그래프를 삽입하고 그걸 부각하길 원했다. 2, 30대, 40대, 50대 이상, 그렇게 연령대를 셋으로 나눠서 비율을 표기하되, 실제와 다르더라도 2, 30대 교사의 비율을 60퍼센트 초반까지 높이라는 것이었다.

"괜찮을까요? 어림잡아 2, 30대 교사 비율은 30퍼센트밖에 안 될 텐데요."

"하라는 대로 하세요. 어차피 그 방향으로 갈 건데……. 신입생, 학부모한테 어필하려면 2, 30대 교사 비율이 높아야 합니다. 책임은 내가 질 테니 내 말대로 하세요."

설현서는 천방지의 지시가 개운치 않아서 선뜻 대답이 나오지 않았다.

"설 부장, 부탁합시다."

"······알겠습니다."

교감실을 나오던 설현서는 문 앞에서 이성현과 마주쳤다. 그 옆에 천석일도 있었다. 젊은 사람들이 서로 어울리는 게 이상할 일은 아니지만, 설현서는 행정실 주무관이 기간제 교사와 붙어 다니는 모습이 이상스럽단 생각이 뇌리를 스쳤다.

6.
가스라이팅

교감실

이성현과 천석일이 천방지 앞에 앉았다. 천방지가 물었다.

"석일이는 내가 문자로 보내는 뉴스 읽고 있니?"

천석일은 천방지의 조카이고 천방지는 그의 고모였다.

"네, 네, 읽고 또 읽고 했어요."

'택시 기사 무차별 폭행 취객, 길거리 묻지 마 폭행, 20대 여대생 흉기 피습, 지하철역 살인사건, 스토킹 범죄, 혐오 살해, 염산 테러' 천방지가 천석일에게 보낸 뉴스 제목이었다. 이 같은 제목의 기사 URL 주소를 천방지가 천석일에게 보낸 것은 지난 3월부터였다. 최근에는 하루에 몇 개씩 보내는 날도 있었다.

"내가 어젯밤에 보낸 기사 제목이 뭐였지?"

천방지가 혼잣말하듯 물었다.

"쉰 넘은 주제에, 꼰대질……."

"그래, 그거였어. 내용이……?"

천방지가 말끝을 올리며 천석일의 대답을 기다렸다. 천석일이 시선을 돌리자 천방지가 말했다.

"나이 쉰 넘은 사람들, 발전 없이 과거에 머물러 있는 경우가 많아. 아닌 사람도 있지만. 중늙은이 주제에 꼰대질? 꼴불견인 거야."

천석일은 미간을 찌푸리고 뺨을 긁었다.

"석일아, 고모 말 알겠어?"

천석일은 바닥을 보며 고개를 끄덕였다. 옆에 있던 이성현은 그런 천석일을 측은하게 바라봤다. 그리고 천방지와 천석일의 대화가 몹시 의아했다.

"석일아, 오늘이 성현이 형 마지막 근무 날인 건 알지?"

천방지는 이성현을 성현이라 호칭했다. 천석일이 교감의 조카라는 건 교직원 모두가 알고 있었으나 이성현 또한 교감과 친척인 걸 아는 사람은 없었다. 이성현은 천방지 언니의 아들이었다.

"석일이가 섭섭하겠구나. 고모도 성현이 형이 계속 학교에 있으면 좋겠는데 고모가 어떻게 할 수가 없다. 복직하는 선생이 있어서……."

"교감 선생님, 제가 학교 나오지 못하더라도 석일이 종종 찾아볼게요."

이성현이 말했다.

"그래. 너희 둘, 어릴 때 형제 같았어. 커서도 그러면 좀 좋아. 주말에 만나서 같이 밥도 먹고 바람 쐬고 그래라. 그리고 성현이 그동안 잘해줘서 고맙다. 학생들도 이 선생 좋아하고 선생님들도 너 놓치기 아깝다더라."

"교감 선생님 덕분입니다."

"석일이, 고모한테 할 말 있니? 표정이 왜 그래?"

아까부터 천석일의 표정이 시무룩했다.

"고모, 성현이 형이 우리 학교에 남아있게 해주면 안 돼요?"

"말했잖아. 고모도 어떻게 할 수 없다고. 김동화 선생이 복직하니까. 그 선생이 오면 성현이 형은 학교 그만둬야 하는 거야."

천방지의 말에 천석일은 입을 삐죽거렸다.

"성현이 그동안 잘해줘서 고맙고 석일이도 수고가 많다는 말, 해주고 싶어서 부른 거야. 그럼 이만 나가서 볼일들 봐."

"네, 알겠습니다."

이성현 홀로 대답했다. 천석일은 여전히 시무룩했다.

"아, 석일아! 퇴근해서 형이랑 같이 밥이라도 먹어라."

천방지가 지갑에서 오만 원권 지폐 세 장을 꺼내서 천석일에게 내밀었다. 그런데 제일 위 지폐 인물의 얼굴이 지워져 있었다. 누군가 까만 매직 같은 것으로 얼굴을 칠해서 인물이 보이지 않았다. 그것이 이성현 눈에 띄었다.

"뭐 해? 어서 받지 않고!"

천방지가 지폐 쥔 손을 흔들었다.

"얼굴이 없다."

천석일이 지폐를 보며 말했다.

"어, 돈은 돌고 도는 거니까. 어떤 장난꾸러기가 그랬나 보다. 받아!"

천방지가 얼버무렸다.

"형한테 주세요."

"석일이가 성현이 형 사주면 안 될까?"

천석일은 슬며시 지폐 세 장을 받아 쥐었다.

퇴근 직전 이성현은 1층 교무실에 있는 교사들에게 인사하고 메신저로 전체 교사에게 메시지를 보냈다.

-일일이 찾아뵙고 인사드리지 못해 죄송합니다. 그동안 선생님들 덕분에 잘 지낼 수 있었습니다. 감사합니다.

이성현은 설현서와 바로 앞자리 고영민에게 다시 한번 인사하고 퇴근했다. 주차장엔 천석일이 차창을 내리고 이성현을 기다리고 있었다. 이성현을 보자 그는 다섯 살 아이처럼 해맑게 웃으며 손을 흔들었다.

이성현을 태운 천석일의 차는 마카오 반점으로 향했다. 빨간 외관에 검은색 간판과 초록색 문이 어우러져서 겉모습이 예사롭지 않은 마카오 반점은 은성시에서는 꽤 고급 식당 축에 들었다. 식당에 도착한 이성현과 천석일이 건물 안으로 들어갔다.

붉은 테이블에 앉자마자 소주 한 병을 주문한 천석일은 히죽거리며 소주 두 잔을 연거푸 마셨다. 천석일은 마주 앉은 이성현을 아랑곳하지 않았다. 마치 혼자 식사하러 온 사람 같았다. 약간의 자폐증과 지적장애 경계에 있는 천석일의 겉모습은 정상인과 다르지 않았으나 조금만 관심 두고 보면 정상이 아님을 알 수 있었다.

"석일아, 우리 어렸을 때 참 재밌게 놀았었다. 너 형이 '피'라고 하지, 그 풀로 개구리 잡아줬던 거 기억나니?"

천석일과 얘기할 때 이성현은 종종 어릴 적 이야기를 꺼냈다. 천석일이 좋아한다고 생각해서였다.

"조그만 청개구리는 귀여워서 좋았어. 근데 커다란 개구린 징그러워. 그래서 한번은 개구릴 땅바닥에 팽개쳤는데 죽었어."

천석일은 소주잔에 술을 넘치게 따랐다.

"형, 이렇게 술이 소주잔 밖으로 흐르는 것처럼, 그때 개구리 배 밖으로 하얀 덩어리가 흘렀다. 근데 형은 술 안 먹어?"

"······."

이성현은 천석일의 개구리 이야기가 섬뜩하게 들려서 자기도 모르게 그를 멍하니 쳐다봤다.

"형! 술 안 먹냐니까?"

"어, 어 형은 술 안 마시잖아."

이성현은 술을 전혀 하지 못했다. 얼굴과 목 부위가 빨개지고 피부가 가려운 알코올 알레르기 증상 때문이었다.

진동음이 울렸다. 천석일의 스마트폰이었다.

"고모다."

천석일이 히죽거렸다.

"교감 선생님?"

"응."

"또 뉴스다. '30대 남성, 산책하는 시민 묻지마 폭행'"

"석일아, 형이 너 폰 봐도 될까?"

이성현은 천석일이 말한 뉴스 제목이 수상했다. 천석일의 스마트폰을 받아 든 이성현은 기사를 읽어 내려갔다.

> 30대 남성 A씨가 별다른 이유 없이 50대 시민 B씨를 폭행했다가 경찰에 붙잡혔습니다. A씨는 지난달 28일 오후 9시께 한강공원을 산책하던 B씨의 머리를 주먹과 발로 여러 차례 가격한 혐의를 받고 있습니다. A씨는 당시 B씨에게……

"석일아, 고모가 전에 보낸 문자는 지웠니?"

"응, 고모가 읽고 바로 삭제하라고 했어."

"고모가 언제부터 이런 URL 주소 보냈어?"

"음, 3월부터 같다."

"뉴스가 다 이거랑 비슷했니? 제목하고 내용 말이야?"

"형, 짜증 나게 왜 계속 물어? 나한테 묻지 말고 고모한테 물어보면 되잖아!"

"비슷했냐고?"

이성현이 다그쳤다.

"음. 폭행, 피습, 살해, 음…… 무슨 테러, 비슷했다. 형 화내지 마."

"석일아, 앞으로 고모가 보내는 문자는 읽지 말고 삭제해."

"고모한테 혼난다!"

"아니, 너 혼나지 않아."

"정말?"

"그럼! 고모는 석일이가 읽었다고 생각하실 거야. 고모도 읽고 나면 바로 삭제하라 했잖아."

"오케이!"

천석일이 손뼉을 쳤다.

이성현은 한시름 덜어낸 기분이 들었다.

천석일은 탕수육을 안주로 혼자 소주 두 병을 마셨다. 취한 천석일을 보고 이성현이 말했다.

"석일아, 그만 일어나자. 키 형한테 줘! 형이 운전할게."

천석일은 자동차 키를 이성현에게 넘겼다. 계산은 천석일이 했다. 그가 내민 지폐의 인물 얼굴이 까맣게 칠해져서인지 주인은 지폐 앞뒷면을 확인한 다음 거스름돈을 내주었다.

조수석에 앉은 천석일이 집에 가기 전에 들를 데가 있다면서 내비게이션을 만졌다. 그가 주소를 입력했다.

"여기가 어딘데?"

이성현이 내비게이션을 보면서 물었다.

"가 보면 알지. 난 전에 몇 번 갔었다."

이성현이 운전대를 잡은 지 30분이 지났다. 내비게이션이 2차선 도로 옆길로 안내했다. 빌라촌이 나왔고 이어서 드문드문 단독 전원주택이 나타났다.

"여기 마을 분위기가 좋다. 길도 제법 넓고. 마을이 예뻐서 석일이가 여기 왔었구나."

이성현이 창밖을 보면서 말했다.

"형, 다 왔어."

"나도 이런 곳에 집 짓고 살고 싶은걸."

"저기가 김동화 선생 집이다."

천석일의 말에 이성현의 표정이 굳어버렸다.

"석일아, 뭐라고?"

"김동화 선생 집이라고."

"김동화 선생님?"

이성현이 태연한 척 다시 물었다.

"응, 김동화 선생."

"석일아, 김동화 선생님이라고 해야 하는 거야."

"뭐 어때?"

천석일이 인상을 씨푸리며 고개를 돌렸다.

"알았다. 근데 여긴 왜 온 거야? 김동화 선생님 주소는 어떻게 알았어?"

"형, 행정실 직원이 그것도 모르면 어떡해?"

천석일이 피식 웃었다.

"어, 9시네."

천석일이 내비게이션 시계를 보고 또 웃었다.

"석일아, 9시인 게 웃기니?"

"김동화 선생이 마당에 나올 거거든."

"그걸 네가 어떻게 알아?"

"몰라, 시동이나 꺼봐."

그 시각 김동화는 거실에서 TV를 시청하고 있었다. 그의 무릎 위에 몰티즈 한 마리가 있었다. 김동화는 강아지를 쓰다듬으면서 TV를 보았고 그의 아내 이민정은 설거지 중이었다. 이민정이 말했다.

"여보, 우유 좀 사다 주세요."

"오늘은 우유예요? 당신은 꼭 이 시간에 심부름시키더라. 어차피 이따 당신 혁이 데리러 갈 텐데 그때 당신이 사 오면 되지 않아요?"

혁은 김동화의 고1 외아들이었다. 남양주시 특성화고에 다니는 아들은 학교 기숙사에서 지내다가 금요일마다 귀가했다.

"아시면서 그러세요. 당신 운동 삼아 다녀오라는 거잖아요."

"거르고 싶을 때가 있답니다."

"꾸준히 걷기 운동하라는 건, 제가 아니라 의사 선생님 처방입니다요. 혁이 오면 딸기 셰이크 만들어 주게 어서요!"

이민정은 애교 섞인 목소리로 말했다. 소파에서 엉덩이를 떼는 김동화의 표정이 나쁘지 않았다.

철컥, 현관문이 열렸다 닫혔다.

"형, 봐! 내 말이 맞지?"

천석일이 손가락으로 김동화를 가리켰다.

마당 밖으로 나온 김동화가 길을 따라 걸었다. 그는 빌라촌 방향으로 갔다. 김동화의 집 근방에 가게라곤 빌라촌에 있는 편의점이 유일했다.

"석일아, 너 아직 대답 안 했다."

"어떤 거?"

"여긴 왜 온 거냐고?"

"몰라. 말하기 싫다."

"그래. 그건 나중에 얘기하고 일단 집에 가자."

이성현이 차에 다시 시동을 걸었다.

"나 오줌, 오줌 마려운데."

천석일이 아랫도리를 움켜쥐었다.

"알았어. 저쪽에 가서 볼일 보고 와."

주변이 워낙 어둡고 인적이 드물어서 아무 데서나 소변을 봐도 될 거 같았지만, 이성현은 더 어두운 곳을 가리켰다.

제법 시간이 지났지만 천석일은 돌아올 기미가 없었다. 이성현은 시동을 끄고 그를 기다렸다. 그때 맞은편에서 걸어오는 사람이 있었다. 김동화였다. 그리고 천석일의 뒷모습도 보였다.

천석일은 김동화를 향해 걸어가서 고개를 푹 숙인 채 김동화의 가는 길을 막아섰다. 이성현은 천석일의 행동이 황당해서 벌어진 입이 다물어지지 않았다.

천석일이 고개를 들자, 그를 알아본 김동화의 눈이 휘둥그레졌다.

"천 주무관? 천, 천 주무관……!"

그런데 김동화가 돌연 가슴을 움켜쥐며 들고 있던 우유를 떨어트렸다. 한쪽 손으로는 가슴을 움켜쥐고 다른 한 손으로는 땅바닥을 짚으면서 스르르 주저앉았다. 이내 김동화가 뒤로 쿵 쓰러졌다. 그 모습을 보고 이성현이 황급히 차에서 내려 김동화에게 달려갔다. 이성현은 김동화의 심정지를 직감했다.

"선생님! 선생님!"

김동화는 의식이 없어 보였다. 이성현이 지체 없이 심폐소생술을 시도했다. 교직원 대상 교내 CPR 연수 때 배운 대로 가슴을 압박했다.

"석일아, 119, 119에 전화해! 빨리!"

천석일이 보이지 않았다. 이성현은 아랑곳하지 않고 심폐소생술을 계속했다.

"헉!"

이성현이 둔탁한 소리와 자기 얼굴 앞을 가르는 바람 소리를 느끼며 뒤로 엉덩방아를 찧었다. 김동화의 머리맡에는 천석일이 서 있었고 그의 손에는 알루미늄 야구 배트가 들려있었다. 김동화가 떨어트린 1,000ml 우유 팩에서 우유가 새어 나왔다. 그리고 야구 배트 끝에서 흘러내린 핏방울이 하얀 우유 위로 떨어졌다.

이성현이 조금 정신을 차렸을 때 김동화 머리맡에 서 있던 천석일은 사라지고 없었다. 쿵, 천석일은 자동차 트렁크를 닫고 있었다. 야구 배트를 트렁크에 넣은 것이다. 이성현은 몸을 숙여 김동화의 얼굴 가까이 다가갔다.

누가 그를 소멸시켰는가

"형!"

천석일의 목소리에 이성현이 기겁하며 뒤로 물러났다.

7.
비보

"아버지 저 왔어요. 잘 지내셨어요?"

아버지는 외동아들의 목소리에 새하얀 미소를 참고 있었다.

토요일 낮 요양병원을 찾은 설현서는 침대에 누운 아버지 곁에 있었다. 간호사가 설현서에게 다가와서 환자 상태를 설명했다.

"어르신이 밥도 잘 드시고 운동도 열심히 하세요. 건강해지셨어요. 주말에 자원봉사 학생이 오면 학생한테 아드님이 쓰신 책 읽어달라고도 하시고요. 어르신이 글을 읽을 수가 없으셔요. 글을 보면 어지러우시대요. 근데, 아드님이 작가신가 봐요?"

설현서는 멋쩍어하며 고개를 가로저었다. 아버지 머리맡에는 오래되어 낡고 닳은 성경과 설현서가 지난해 출간한 책이 겹쳐 있었다.

"그럼, 말씀 나누세요."

간호사가 나가자 새하얀 미소를 참고 있던 아버지가 손녀 안부를 물었다.

"애들은 잘 있지?"

"잘 있어요."

"같이 오지 않고······."

"아버지, 요즘은 애들이 어른보다 더 바빠요. 연희, 연재랑 밥 한 끼 먹기도 힘들어요."

"애들 엄마는?"

"아시잖아요. 주말엔 학원 때문에 더 바쁜 거."

"허······."

아버지는 긴 숨을 내쉬었다. 이내 창밖을 보며 책 이야기를 꺼냈다.

"재밌다. 네 책. 어린 시절 이야기가 재밌어. 근데, 엄마가 없어서 마음이 아프더라."

설현서의 책은 자신의 어린 시절을 묘사하는 자전적 소설이었다. 설현서는 차마 아버지 앞에서 엄마에 대한 기억이 없어서라는 말을 하지 못했다. 그의 엄마는 그가 일곱 살 때 하늘나라에 갔기 때문이다. 그가 엄마에 대해 기억하는 건, 마당을 보며 들릴 듯 말 듯 작은 목소리로 '엄마야 누나야 강변 살자'하며 노래하는 엄마의 뒷모습이 전부였다.

"나는 '노인과 바다'가 참 좋더라."

아버지가 고개를 돌려서 설현서를 바라봤다.

"하지만 인간은 패배하도록 창조된 게 아니야."

"네?"

"소설 속 노인의 말이야. 하지만 인간은 패배하도록 창조된 게 아니야. 아직도 기억나. 노인 산티아고와 소년 마눌린의 모습도 또렷해."

분명히 기억을 환기하는 지금의 아버지는 전혀 치매 노인이 아니었다. 때때로 아버지의 선명한 기억과 또렷한 말 때문에 설현서는 깜짝 놀랄 때가 있었다.

"아버지 대단하세요. 어떻게 그걸 기억하세요?"

"서야!"

아버지는 아들을 '서'라고 불렀다. '서'는 설현서의 어릴 적 애칭이었다. 아들이 고등학교를 졸업한 이후로 아버지는 아들을 더 이상 '서'라고 부른 적이 없었다. 아버지는 앞에 있는 설현서를 40여 년 전 어린 아들로 착각하는지 모르겠다.

"말씀하세요, 아버지."

"너도 '노인과 바다' 같은 소설을 써봐."

설현서는 소리 없이 웃기만 했다. 그때 설현서의 스마트폰 벨이 울렸다. 송민성의 전화였다.

"안녕하세요, 송 부장님."

"설 부장님, 문자 받았죠?"

"무슨 문자요?"

"먼저 문자 확인하고 나중에 다시 통화합시다."

당연히 문자가 갔을 거라 단정한 송민성은 매우 퉁명스럽게 전화를 끊었다. 그 때문에 설현서는 조금 당황스러웠는데 문자를 확인하며 또 한 번 당황했다.

〈訃告〉

은성고 김동화 선생님께서 8월 31일(금) 소천하였기에 삼가 알려드립니다.
*빈소: 한강 은혜병원 장례식장 특 1호실
*발인: 9월 2일(일)
*장지: 남양주 추모 공원

설현서는 '뭐!'하며 소릴 지를 뻔했다. 아버지에게 다음에 또 오겠다며 얼버무리고 병실을 나온 설현서는 곧바로 송민성에게 전화했다.
"송 부장님, 이게 무슨 일입니까?"
"저도 잘 몰라요. 지금 운전 중이에요. 장례식장에 가고 있습니다."
설현서도 장례식장으로 차를 몰았다.
어제 아침 김동화의 모습이 눈에 선했다. '병마와 싸워 이기고 돌아왔습니다!', '그럼 다음 주에 뵐게요.' 그의 목소리도 생생했다. 임용 직후부터 어제까지 김동화와 함께한 시간이 주마등처럼 설현서의 눈앞을 지나갔다. 장례식장에 도착할 때까지 그것이 계속 반복되었다.

영정 앞에는 김동화의 아내 이민정이 있었다. 까만 상복을 입은 그녀는 연로한 노부부 옆에 주저앉아서 통곡하고 있었다.

저쪽에서 송민성이 우두커니 서 있는 설현서에게 손을 들어 보였다. 설현서는 그제야 구두를 벗고 송민성에게 갔다. 김동화의 아내가 조금이라도 감정을 추슬러야 조문을 할 수 있을 것 같았다. 송민성 앞에 있는 소주 한 병이 비어 있었다.

"……아까 저하고 대화할 때만도 사모님이 진정된 모습이었는데, 시부모 보더니 갑자기 자지러지고 마네요. 어젯밤에 집 앞에 쓰러져 있는 걸 사모님이 발견했대요. 119구급차가 왔을 때는 이미 심정지 상태였답니다."

"……."

"설 부장님, 이제 조문하시죠?"

송민성의 시선이 이민정을 향했다.

설현서는 영정 앞에서 고개를 숙이고 예의를 갖췄다.

"고맙습니다."

노인의 나직한 목소리에 돌아서려던 설현서는 걸음을 멈칫했다.

"김동화 선생님 동료 교사입니다."

설현서가 김동화 부모를 향해 인사했다.

다시 송민성 앞에 앉은 설현서는 그의 빈 잔에 소주를 따라주었다. 아직 조문객이 많지 않아서 접객실은 허전했다.

"조문하기엔 이른 시간인지 사람들이 없네요."

"겨우 오후 두 시니까요. 설 부장님도 한잔하시죠?"

"저는 이따 갈 데가 있어서요. 선생님들은 저녁에 오시겠죠?"

"아무래도 그렇겠죠. 아, 지난 2월에 퇴직한 선생님도 온다니까 기다렸다가 보고 가시죠?"

설현서는 고개를 끄덕였다.

"감사합니다. 학교 선생님이시죠?"

이민정이 설현서에게 다가왔다. 설현서와 송민성이 일어나서 고개를 숙였다.

"앉으세요."

이민정은 두 사람에게 앉기를 권하며 설현서 옆에서 한 자리 띄어 앉았다.

잠시 뜸을 들이던 이민정이 어제의 상황을 이야기하기 시작했다.

"밤 9시였어요. 신랑이 우유를 사러 나간 게. 9시 20분이면 돌아와야 하는데, 오질 않아서 제가 밖에 나갔어요. 근데, 신랑이……. 응급실 의사가 그러는데 머리에 외상이 있고 거기서 출혈이 있었대요. 그치만 그게 사인이라고 단정하기엔 미심쩍다는데……."

"머리에 상처요?"

송민성의 눈이 커졌다.

"의사 말로는, 머리에 외상 흔적이 있다면서 의식을 잃고 쓰러졌다면 머리가 땅바닥에 부딪혀서 그럴 수도 있대요. 이상한 건⋯⋯."

이민정은 말을 멈췄다가 이어갔다.

"구급대원이 제가 심폐소생술을 했는지 아니면 다른 사람이 했는지 묻는 거예요. 가슴에 흉부 압박 흔적이 있다면서⋯⋯. 근데 저는 할 줄도 모르고 처음 신랑을 발견한 건 저였거든요."

"112에 신고는 하셨어요?"

송민성이 물었다.

"119 출동 중 환자가 사망한 경우에는 119에서 112로 자동 신고된 대요. 그래서 어제 경찰이 왔었어요. 이따가 경찰이 또 올 것 같아요. 어제는 제가 경황이 없어서 뭘 어떻게 해야 할지 몰랐어요. 그래서 오늘 아침이 돼서야 학교에 연락했어요. ⋯⋯저 때문에, 신랑이 너무 일찍 하늘나라 갔어요. 나가기 싫다는 사람을, 제가⋯⋯."

이민정은 자책하며 갑티슈 한 장으로 맺힌 눈물을 닦아냈다.

"무슨 그런 말씀을? 사모님, 힘드시겠지만 어떡하겠습니까? 기운 내셔야죠."

송민성이 애써 위로의 말을 전했고 이민정은 조용히 시부모 옆으로 돌아갔다.

송민성과 설현서가 이야기를 나누는 사이 조문객들이 조금씩 늘어갔다. 김동화의 친척과 이민정의 지인들 모습이 보였고 은성고 교사도 하나둘 장례식장에 들어왔다. 교장과 천방지 그리고 교무부장도 접객실에 있었다. 설현서는 퇴직한 선배 교사를 보고 가려고 저녁까지 기다렸다. 그들은 해 질 무렵 모습을 보였다.

조문을 마친 퇴직 교사, 박 선생과 홍 선생이 천방지와 교장이 앉아 있는 테이블은 무시한 채 송민성과 설현서의 테이블로 왔다. 지나치는 퇴직 교사를 보는 천방지의 표정이 험상궂었다.

"설 선생, 오랜만이야!"

박 선생과 홍 선생이 설현서의 어깨를 툭 치자 설현서는 일어나서 고개를 숙였다.

"저는요?"

"자넨 지난주에도 봤잖아."

박 선생은 장난스럽게 송민성을 대했다. 세 사람은 최근까지 종종 연락하며 지낸 거 같았다. 워낙 셋의 친분이 두터워서 한때는 사람들이 그들의 성을 따서 '송홍박'이라 불렀으니 그럴 만도 했다.

"너무 일찍 세상을 등졌어."

홍 선생이 한마디 하자, 쉰하나에 세상을 떠나는 건 요절이라며 박 선생이 거들었고 김동화의 남은 가족을 걱정하는 말을 했다. 그런 다음, 넷은 서로의 근황을 묻고 답하는 것을 시작으로 화기애애하게 이야기를 이어갔다.

홍 선생은 전업주부가 됐고 영어 교사였던 박 선생은 대형 어린이 어학원인 리틀캣에서 일한다고 했다. 과거 김동화와 얽힌 에피소드는 꼬리에 꼬리를 물고 이어졌다. 그런데 퇴직 교사 둘이 자리에서 일어나기 직전 송민성이 불쑥 명예퇴직 의사를 비쳤다.

"나도 이참에 명퇴 신청할까 봐요."

"이 사람이 엉뚱한 소리로 가려는 사람을 붙잡네! 왜? 천 교감이 송 선생 아내를 학교로 부르기라도 했나?"

"나이 들고 능력 없는 교사에게 자식 맡기기 싫다! 뭐 그런 학부모 민원이라도 있으면 모를까 아니 그렇더라도 명퇴 생각하지 마시게!"

퇴직 교사 둘이 차례로 말했다. 아내를 학교로 부르는 건 무엇이고 학부모 민원은 뭔지 알 수 없는 설현서는 어안이 벙벙했다.

"무슨 말씀이세요? 아내를 학교로 부르다뇨?"

설현서가 박 선생과 홍 선생을 번갈아 쳐다봤다.

"설 선생은 모르는구먼. 모르는 게 낫지. 근데 학부모 민원도 누가 조작한 거 아닌가? 아무튼 누가 못살게 굴어도 얌전히 학교에 붙어 있어."

"그 '누구'가 누군지는 말 안 해?"

"말했잖아. 천 교감이라고."

박 선생이 웃었다.

"특히 교감 말에 토 달지 마시게. 학교는 옳고 그름, 합리와 비합리를 따지는 곳이 아니야. 정의와 부정을 논해서도 안 되지. 학생들 앞에서는 예외지만……."

"박 선생, 그건 은성중 김 교장이 한 말 아냐?"

학교법인 은성학원 산하에 은성고와 은성중 두 개의 학교가 있었다. 은성중 교장 김민규는 덕망이 높아서 은성고 교사들에게도 평판이 좋은 사람이었다.

"인용하면 안 돼? 그나저나 김민규 교장, 멋있는 사람이야. 이사장이 방과후학교, 체험학습까지 일일이 간섭한 적이 있었어. 이사장 때문에, 교장 최종 결재받고 교육청에 보고한 서류도 수정해야 했으니, 참. 그래서 선생들 불만이 이만저만이 아니었는데 그때 김민규 교장이 교사들 다독이면서 그 말을 한 거야. 학교는 옳고 그름, 합리와 비합리를 따지는 곳이 아니다. 그 말이 나는 왜 그렇게 마음에 와닿았는지 몰라. 근데 재단 회의 때는 정작 김 교장이 천방지의 교감 승진이 이르다고 승진을 반대했잖아. 이사장한테 다시 숙고해달라고 정중히 부탁하면서 말이야."

박 선생이 말했다.

"근데 자넨 왜 그렇게 말이 없어? 오늘 같은 날 술도 안 마시고 말야."

홍 선생이 설현서에게 시선을 돌렸다.

"이따 들를 데가 있대요."

송민성이 끼어들었다.

"김동화 선생이 일찍 술 끊고 담배도 끊었어야 했어. 우리 나이 때는 건강관리 똑바로 해야지, 안 그럼 누구라도 병원 신세 지기 마련

이야."

홍 선생이 말했다.

"어쩌면 사고가 있었던 게 아닌가 싶고…… 실은 아까 사모님 말씀 듣는데 뭔가 석연치 않은 점이……."

설현서가 말끝을 흐렸다.

"그죠? 아무튼 개운하진 않았어요."

송민성이 맞장구쳤다.

"우린 그만 가 볼게. 자네들은 더 있다 가시게!"

설현서와 송민성의 마지막 대화가 생뚱맞게 들렸는지 박 선생과 홍 선생 둘 다 실쭉 웃으며 자리에서 일어났다.

"설 부장님, 나 화장실 다녀올게."

송민성도 일어섰다. 설현서만 남기고 세 사람이 자리에서 일어나자 피곤에 찌든 남자 둘이 옆 테이블에 와서 앉았다.

8.
세대교체

옆 테이블의 대화가 멀리서 또각또각 다가오는 지팡이처럼 설현서의 귀에 다가왔다.

"김 형사님, CCTV요……."

"CCTV, 뭐?"

"그거 확인해 봐야 하지 않을까요?"

"야! 확인해서 뭐라도 나오면? 골치 아프다."

"그럼, 심장마비로 마무리 지으시게요?"

"내가? 그건 의사가 하는 거고. 아무튼 어제 의사하고 얘기는 끝났어."

"그럼, 애초에 외인사 가능성은 염두에 없던 거예요?"

"이 순경, 너 참 갑갑하다. 내 책상에 쌓인 사건이 2백 건이 넘어. 어쩌자는 건데? 최초 목격자 미망인, 목격자 진술받으러 온 거잖아. 진술받고 마무리해. 알았어?"

"가족이 부검 원하면 어떡해요?"

"육안으로 살피는 것도 부검이야. 쉿! 옆에서 듣겠다."

설현서와 눈이 마주친 김 형사가 이 순경의 말을 끊었다.

설현서는 잔혹한 이야기를 건져냈다. 하지만 충분히 똑똑히 들었다. 그리고 갑작스럽게 몰려온 극심한 피로감. 그 피로감이 설현서가 금단의 영역으로 발을 내딛기 직전 설현서의 발목을 잡아채고 그를 피난처로 향하게 한 것이다. 설현서는 방금 눈이 마주쳤던 김 형사의 얼굴이 문득 기억나지 않는다는 사실을 깨달았다.

이민정이 김 형사와 이 순경에게 다가왔다. 그녀가 음료를 권했는데 그들은 손사래를 치며 거절했다. 이내 이민정은 그들과 함께 밖으로 나갔다. 설현서도 자리에서 일어났다. 설현서는 마침 화장실에 갔던 송민성과 로비에서 마주쳤다. 둘은 그만 귀가하기로 했다.

설현서가 하늘을 올려다봤다. 어느새 시커먼 하늘에 새하얀 달이 떠 있었다. 한 손을 바지 주머니에 넣은 채 송민성은 대리기사를 호출했다. 삑삑, 저쪽에 주차된 차에서 소리가 났다. 송민성의 차였다. 통화 중에 그가 실수로 스마트키 버튼을 누른 것이다. 주차장 가로등 불빛 아래 송민성의 자동차 사이드미러가 설현서의 눈에 띄었다. 설현서가 송민성의 차로 걸어가며 말했다.

"송 부장님, 사이드미러가 왜 저래요?"

송민성의 자동차 사이드미러는 청 테이프로 칭칭 감겨있었다.

"테러! 사이드미러 테러요. 어떤 미친놈이 걷어찼는지 부러져서 대롱대롱 매달려 있는 걸 오늘 아침에 발견했지 뭐예요."

"아파트 관리사무소에 신고는 하셨어요?"

"하고말고요. 근데 그런다고 뭐가 나올까 싶네요."

송민성은 별거 아닌 듯 무심히 말했다.

설현서는 스마트폰을 내려다봤다. 7시 30분. 반나절 동안 아내와 딸들에게 전화도 못 했다. 설현서는 아내에게 전화했는데 아내는 받지 않았다. 아내에게서 자동 메시지가 왔다.

-지금은 수업 중이니 나중에 연락드리겠습니다.

대리기사를 기다리는 송민성을 뒤로 한 채 먼저 주차장을 빠져나온 설현서는 교육청 옆 카페로 향했다.

카페 주차장에 도착한 설현서는 자동차 룸미러로 앞머리를 한 번 매만지고 차에서 내렸다. 진이 카페 안에 들어서는 설현서를 보고 다가왔다.

"선배, 이 시간에 오는 건 처음인 거 같아요."

카페 벽시계는 8시 10분을 가리켰다.

"그런가? 장례식장에 다녀왔어. 근데 손님이 없네."

설현서는 빈 테이블을 둘러보며 말했다.

"손님이야 있을 때도 있고 없을 때도 있죠. 누가 돌아가셨는지 물어

봐도 돼요?"

"학교 선생님."

"어머!"

"심장마비로 쓰러지셨대. ……인생이 참 덧없어."

"선배, ……술 한잔하실래요?"

진이 조심스럽게 말했다. 설현서는 사양하지 않았다. 진은 카운터로 갔다. 진이 술을 가져왔을 때 설현서는 눈을 감고 있었다. 진은 조심스럽게 쟁반을 테이블에 놓았다. 설현서는 쟁반이 유리 테이블에 닿는 소리에 눈을 떴다. 그의 앞에 술과 술잔, 각얼음이 놓여 있었다.

"위스키예요. 아, 우리 카페 아홉 시에 닫아요."

"하마터면 내가 헛걸음할 뻔했구나."

"……."

진은 말없이 잔에 얼음 두 조각을 넣고 위스키를 따랐다. 설현서는 그것을 한 모금 입안에 머금었다가 삼켰다. 설현서가 술잔을 만지며 물었다.

"정직과 이성을 어떻게 생각해?"

"갑자기 무슨 말이에요? 근데 우리 대화, 항상 이런 식인 거 아세요? 호호."

'우리'라는 말에 설현서는 홀연 기분이 묘해져서 바로 대답을 못 했다.

"선배, 얘기해주세요. 정직과 이성? 선배 생각 듣고 싶어요."

"난 정직보다 솔직함이란 말이 마음에 들어. 솔직함과 이성이라 하자."

"그래서요?"

"감정에 솔직하면 사람들은 바보 같다거나 다혈질이라고 말할 때가 있잖아. 반대로 감정과 솔직함을 숨기는 사람을 보면, 저 사람 냉정하고 이성적이다, 라고 말하고. 그런 거 같지 않니?"

"선배, 루시퍼 기억나요?"

진은 대답하지 않고 물었다.

"혹시, 학과 논문집?"

"네, 학과 논문집. 선배가 사랑의 여신은 금성과 연관되어 있고 금성의 또 다른 이름이 '루시퍼'라는 말도 했었죠."

학부 시절 설현서는 학과 편집부 창설 멤버였다. 그는 교수와 조교에게 글을 청탁하고 재학생들에게 산문과 시를 공모해서 학과 논문집을 발간했었다. 그 책 이름이 루시퍼였다. 신입생 진이 학과 편집부에 가입한 것은 루시퍼 창간호 발간 이듬해였다.

"그랬었지. 그걸 기억하는구나."

"정말 잊지 못하는 건 따로 있어요. 선배가 저한테 시 한 편 주었었는데……."

"시?"

뚜우, 설현서의 스마트폰 진동이 울렸다. 아내의 전화였다. 설현서는 밖으로 나가서 전화를 받았다. 통창 너머로 설현서의 모습을 바라보며 진은 그를 위해 대리기사를 호출했다.

돌아온 설현서가 물었다.

"영업 종료 시각 거의 되지 않았나? 너도 집에 가야지?"

"그러잖아도 대리기사 호출했어요. 영업시간 안 지키면 손님들이 착각하고 아홉 시 넘어서도 올 때가 있어서 저도 가야 해요."

곧 대리기사의 전화가 왔다. 설현서와 진은 카페 밖으로 나갔다.

"매번, 금방 가서 미안하다. 언제 내가 밥 한 번 살게."

"저, 파스타 좋아해요. 정말, 우리 언제 파스타 먹으러 갈까요?"

"……그럴까?"

'우리'라는 말에 설현서는 또다시 묘한 감정이 일었다.

"사장님, 안 가실 거예요?"

대리기사가 독촉했다.

"그럼, 다음에 보자."

설현서와 진의 차는 차례로 주차장을 벗어났다.

월요일 아침 은성고 1층 교무실

출근한 선생들의 웃음소리 섞인 평화로운 아침이었다. 노트북 화면에서 눈을 떼지 못하는 교무부장, 학생에게 뭔가 지시하는 체육 선생, 스마트폰을 만지작대는 행정 실무사, 소리 내어 웃는 젊은 남녀 교사, 설현서 바로 앞에 핸드드립 커피를 내리는 고영민까지⋯⋯. 김동화의 장례식 직후였지만 변한 건 없었다. 그런 변함없음이 설현서는 낯설기만 했다. 하지만 사람이 나고 죽는 것 자체가 가장 평범한 일상이 아닐까.

갑작스러운 비보로 김동화의 복직은 불발됐고 후반기에는 임용고시를 준비한다던 이성현이 김동화의 자리에 앉았다. 천방지가 사전 채용공고 없이 그의 채용을 결정했을 것이다.

탁, 탁, 교무실 중앙에서 교무부장이 마이크 상태를 점검했다. 안내 방송이 이어졌다.

"안녕하십니까, 교무부장 이진종입니다. 교내에 계신 선생님들께서는 8시 40분까지 본관 1층 교무실로 와 주시기 바랍니다. 교장 선생님 말씀과 더불어 2학기 기간제 교사 인사가 있겠습니다."

"부장님, 교장이 아니라 교감 샘 말씀 아닌가요?"

고영민이 빈정대며 말했고 설현서는 검지를 입술에 갖다 대며 말을 삼가라는 눈치를 줬다. 마침 교장과 교감이 교무실 중앙 테이블로 다가오고 있었기 때문이다.

"이성현 선생님, 커피 한 잔 드실래요?"

고영민이 이성현에게 말을 걸었다.

"아까 마셔서요. 감사합니다, 선생님."

"아, 선생님도 조문 왔었죠? 왔었나요?"

고영민의 애매한 물음에 이성현의 얼굴이 붉어졌다.

"이 선생님은 장례식장 오는 게 좀 그렇지. 김동화 선생님과는 같이 근무하지도 않았고……."

설현서는 이성현의 낯빛을 보고 대신 대답했다.

교무실 중앙 벽시계가 8시 40분을 가리켰다. 중앙 테이블 앞에 앉아 있던 교장과 교감은 속속 들어오는 교사들의 모습을 출석 체크하듯 지켜보고 있었다. 전 교원이 교무실에 들어왔을 때 교무부장이 이성현에게 손짓했다. 이성현은 훈련병처럼 교무부장 옆으로 뛰어갔다.

천방지가 마이크를 잡았다.

"우리 선생님들 주말 내내 마음이 무거우셨을 줄 압니다. 아시다시피 김동화 선생님의 빈자리는 예상치 못한 것이었습니다. 안타까운 일이 일어날 줄 누가 알았겠습니까. 이성현 선생님께 부탁할 수밖에 없었다는 말씀을 드립니다. 다른 계획이 없지 않았을 텐데, 또 급작스러운 부탁에 기꺼이 2학기에도 우리 학교에서 근무하기로 해준 이성현 선생님께 감사드립니다. 이성현 선생님, 인사 한마디 하시죠!"

천방지가 이성현에게 마이크를 넘겼다.

"안녕하십니까, 이성현입니다. 며칠 전에 선생님들께 작별 인사를 드렸었는데요. ……이렇게 계속 근무하게 될 줄은 꿈에도 생각 못 했습니다. 2학기에도 선생님들의 아낌없는 조언 부탁드립니다. 감사합니다."

천방지가 다시 마이크를 쥐었다.

"다들 아시겠지만 1학기 때 이성현 선생님에 대한 학생과 학부모의 평이 대단했습니다. 아무래도 젊은 교사라 학생과 소통도 잘하고 선생님의 교수법이 세련되고 다이내믹해서인 게 아닌가 싶습니다. 경력 교사와는 다른 것 같습니다. 배움에 나이와 때가 있겠습니까? 우리 선생님들, 십수 년 전 교수법, 옛날 방식 고집하지 말고 새로운 걸 받아들일 필요가 있습니다. 교장 선생님, 하실 말씀 있으세요?"

"우리 선생님들 2학기에도 수고 많이 해주세요. 감사합니다."

교장의 말이 끝나기 무섭게 송민성이 설현서 옆으로 와서 이렇게 궁시렁댔다.

"아침부터 가시 돋친 말이 가슴을 후벼파네. 경력 교사를 무슨 구닥다리로 아나? 경험이 쌓이면 지혜가 된다는데 교사는 예외인가? 교감의 말 한마디 한마디에 위축되는 건 왜일까요?"

"……."

"설 부장님!"

설현서의 대꾸가 없자 송민성이 목소리를 높였다.

"네, 말씀하세요."

설현서는 교과서만 훑고 있었다.

"근데 설 부장님 스마트폰 기종이 뭐예요? 메탈 테두리가 참신합니다."

송민성이 화제를 돌렸다. 설현서도 책상 위 자신의 스마트폰에 한 번 눈길을 줬다.

"베가 아이언 투. 디자인 괜찮죠?"

"베가 아이언? 그거 얼추 10년 전에 출시된 거 아녜요?"

"오래되긴 했는데 10년까진 아닙니다. 한 7년 됐나……?"

"이거 만든 회사가 스마트폰 사업 중단하지 않았나? 서비스도 안 되고 충전 단자도 다르고……. 설 부장님, 우리 그러지 맙시다."

"무엇을요?"

"구닥다리 취급받으면서 스마트폰까지 구닥다리 쓰면 되겠어요?"

"하하, 구닥다리? 오랜만에 듣는 말이라 그런지 오히려 참신하게 들립니다. 부장 교사 회의 가야죠. 같이 가자고 오신 거 아닙니까?"

9.
충돌

교장실에 천방지의 자리가 비어 있었다. 설현서는 자신의 낡은 스마트폰을 터치했다. 9시 6분. 교장과 부장 교사들이 천방지를 기다린 지 십여 분 지났다. 마침내 천방지가 들어왔다.

"회의 시작 안 했어요?"

천방지가 교무부장에게 쌀쌀맞게 물었다.

"교감 선생님이 오셔야······."

"언제부터 저를 신경 썼다고 그러세요?"

천방지가 비꼬아 말했다.

천방지의 서늘한 말투와 태도 때문에 생겨난 차가운 공기가 교장실 회의 테이블을 휘감았다.

돌연 천방지가 회의와 상관없는 장광설을 늘어놓기 시작했다.

"어이가 없었습니다. 장례식장에서 말이에요. 어떻게 인사는커녕 아는 체도 안 합니까? 그리고 아예 못 봤으면 모르겠는데 쓱 처다보고 그냥 지나치는 게 말이 됩니까? 지난 2월에 퇴직한 박 선생, 홍 선생 말하는 겁니다. 제가 일부러 그 사람들을 쳐다봤어요. 완전히 나를 무시하더군요. 저한테는 그렇다 처도 여기 교장 선생님까지 무시해서야 되겠습니까? 퇴직하면 안하무인이 되는 건가요? 여기 있는 부장들도 나중에 그러실 테죠. 사람들이 나이를 헛먹었어요."

천방지는 분을 삭이지 못했다.

천방지가 회의와 관련 없는 유치한 말을 늘어놓는 동안 설현서 옆 송민성도 회의와 무관한 행동을 하고 있었다. 교무수첩에 삼각형, 마름모, 동그라미 등 여러 도형을 겹쳐 그렸고 자기 이름을 여러 번 쓰기도 했다. 그 모습이 천방지 눈에도 띄었나 보다. 송민성을 쳐다보는 천방지의 눈빛이 경멸에 차 있었다. 천방지는 불쑥 일어나 교장실을 나가버렸다. 송민성은 그제야 낙서를 멈추고 코웃음 치며 고개를 들었다. 결국 회의는 내용 없이 끝이 났다.

모두가 자리에서 일어나기 직전 교무부장의 학력 향상 긴급 협의회와 재단 전체 교직원 회의 일정 고지가 있었다.

10월에 있을 예정입니다. 협의회 참석 대상은 우리 학교와 은성중학교 교장, 교감, 부장 교사들입니다. 참고해 주시고 긴급 협의회와 재단 전체 교직원 회의의 정확한 날짜는 추후 알려드리도록 하겠습니다."

누가 그를 소멸시켰는가

도서관으로 향하던 송민성이 콧노래를 불렀다.

"무슨 노래죠?"

설현서가 옆에서 물었다.

"10월의 어느 멋진 날에."

"가을보다 높은 저 하늘이 기분 좋아, 그 노래요?"

설현서가 미소 지었다.

"10월의 어느 멋진 날에, 우린 그놈의 학력 향상, 학력 향상 긴급 협의회에 목줄 묶인 강아지 새끼처럼 끌려가네요."

"표현이 너무 자학적인 거 아녜요?"

"솔직히 학력 향상은 아무리 얘기해도 소득이 없어요. 설 부장님도 아시잖아요. 우리가 웬만한 학교의 학력 향상 방안은 거의 다 벤치마킹한 거. 학력 향상의 묘수를 알면 전체 학생, 아니 우리나라 학생이 전부 어떤 시험이라도 100점 만점에 100점 받지 않겠어요?"

설현서는 미소로 송민성의 말을 수긍했다.

설현서와 송민성은 곧 협의회 장소인 도서관 앞에 이르렀다. 둘은 조용히 뒤쪽에 자리 잡았다. 맨 앞에 은성고와 은성중 교장, 교감 테이블이 참석한 부장 교사들과 마주 보고 있었다. 참석 인원이 30여명 되었다. 교무부장 이진종이 은성중 김민규 교장과 귀엣말하더니 마이크를 잡았다.

9. 충돌   81

"천방지 교감 선생님을 제외하고 다 오신 거 같은데요. 교감 선생님은 조금 늦는다고 연락이 왔습니다. 지금 시간이 벌써 4시 10분이니까요, 바로 협의회를 시작하겠습니다. 안녕하십니까, 저는 오늘 진행을 맡은 은성고등학교 교무부장 이진종입니다. 바로 교장 선생님 인사말이 있겠습니다."

각 학교 교장의 간단한 인사말과 협의회 취지 설명에 이어서 교무부장의 사회로 은성중 교육 연구부장에게 마이크가 넘겨졌다. 그의 발언 이후 다른 부장 교사들의 의견 개진이 뒤따랐다.

"멍석 깔아놓으니까 봇물이 터집니다."

송민성이 속삭였다.

은성중 교육 연구부장은 중위권 학생의 실력 향상의 중요성, 은성고 3학년 부장은 빠른 목표대학과 목표학과 설정의 필요성, 은성중 교무부장은 적극적인 정보탐색과 동기부여의 상관성을 역설했다. 뜻밖의 열띤 협의회가 진행되고 있었다. 천방지가 협의회에 참석한 것은 퇴근 시간이 임박했을 때였는데, 천방지가 나타나자 분위기가 찬물을 끼얹은 듯 조용해졌다. 천방지 때문만은 아니었다. 이미 많은 의견이 있었고 시간 또한 끝날 무렵이었기 때문이다.

"늦어서 죄송합니다. 왜 말씀들이 없으세요?"

천방지가 눈치 없이 협의회 진행을 맡은 이진종을 쳐다봤다.

"실은 교감 선생님 오시기 전에 선생님들께서 좋은 말씀 많이 하셨습니다."

김민규 교장이 대신 답변했다.

"그럼, 제가 한마디 해도 될까요? 양해해주시면 앉아서 하겠습니다."

천방지가 일어났다 앉았다.

"어쩔 수 없는 얘기입니다만 대입 실적이 중요하잖습니까. 그런데 실적은 매년 지지부진하고 신입생 유치도 만만치 않은 게 우리 현실입니다."

그렇게 시작된 천방지의 발언이 십여 분 이어졌다. 교사들이 이미 수없이 들었던 내용이었다. 교사들은 침묵했다.

'퇴근 시간 지났습니다.'

'회의 끝날 때 와서 무슨 말씀을 그리 오래 하십니까?'

'새롭지도 않은 얘기를……'

'집에 좀 갑시다.'

고개 숙인 교사들의 뒷모습을 보며 설현서가 말풍선을 상상했다. 그때 천방지가 갑자기 은성중학교 학생부장에게 질문을 던졌다.

"권대희 부장님, 중학교에 아주 골치 아픈 아이가 있다면서요? 우리 고등학교까지 소문이 났던데. 툭하면 수업 시간에 선생님에게 반항하고, 수업 중에 교실 밖으로 뛰쳐나간다는, 걔는 무슨 문제가 있어서 그러는 거예요?"

"그 학생이 결손 가정 아이입니다. 학생이 다섯 살 땐가, 부모가 이

혼해서요. 심성이 악하지는 않지만 반항기가 심합니다. 툭 건드리면 폭발한다고 할까요. 그런 아입니다."

"그럼 엄마랑 사나요?"

"아빠하고 지내고요. 엄마하고는 연락이 안 되는 걸로 알고 있습니다."

"학생 성적이 곧 부모의 관심이라고 하죠. 한부모 가정 아이들이 늘 문제가 되는 이유가 부모의 결핍 때문이거든요. 결핍 콤플렉스, 그 때문에 아이는 열등감을 가지게 되고 그래서 반항하고, 그게 학교폭력으로 발전하잖아요. 하여간에 부모 없는 아이들이 골칫거리인 건 인정해야 합니다. 이혼했어도 연락은 해야지 부모도 문제예요."

천방지의 말을 듣고 있던 설현서는 알 수 없는 의무감을 느꼈지만, 자기 생각을 말할지, 천방지의 말을 한 귀로 흘려버릴지 고민에 빠졌다. 천방지가 이 말을 하기 전까지는……

"가정환경이 정상적일수록 아이들 성격이 원만한 겁니다. 반대로 가정이 비정상적이면 아이 성격이 모나기 마련이죠. 문제가 생길 수밖에 없어요."

"교감 선생님, 도대체 그게 무슨 말씀입니까?"

설현서가 벌떡 일어섰다. 사람들의 시선이 그를 향했고 흥분한 설현서의 발언이 이어졌다.

"교감 선생님, 도대체 정상적인 가정은 뭐고 비정상적인 가정은 뭘니까? 결손 가정 아이의 성적이 낮다는 통계치라도 있습니까? 혹여 그런 경향이 있다면 우리가 그 아이들에게 더 관심을 기울여야 하는 거 아닙니까? 또 엄마, 아빠 없는 아이의 성격이 어떻게 모나다고 단정할 수 있습니까? 링컨은 아홉 살 때 엄마가 세상을 떠났고 버락 오바마도 아버지 없는 결손 가정 출신이지 않습니까? 저는 가정환경에 따라 학생을 달리 보는 어른이야 말로 문제라고 생각합니다. 교감 선생님께서 여러 선생님을 앞에 두고 도대체 무슨 말씀하시는지 이해가 안 됩니다."

설현서의 목소리가 조용했던 도서관을 쩌렁쩌렁 울렸다. 그는 주저 없이 자리를 박차고 나가버렸다. 거기까지가 결손 가정 아이들을 대변하고 흐릿한 기억 속 엄마에 대한 변론이라고 설현서는 생각했다.

설현서 바로 옆에 앉은 송민성은 그를 동그란 눈으로 지켜만 볼 뿐이었다. 어쩔 도리가 없었다. 설현서가 자리를 박차고 도서관 밖으로 나가는 순간까지 교사들의 시선이 그를 쫓았고 이내 도서관이 술렁였다.

10.
미풍

설현서는 마카오 반점 창가에 홀로 앉았다. 송민성이 퇴근 후 매운 짬뽕 먹자고 제안했는데 설현서는 그것이 내심 고마웠다. 그는 송민성이 오기를 기다리는 중이다.

종업원이 다가왔다.

"주문하시겠어요?"

"매운 짬뽕 둘하고 이과두주 한 병 주세요."

설현서는 주문을 미루지 않았다.

송민성이 들어왔다.

"설 부장님, 늦어서 미안해요. 주문해야죠?"

"방금 주문했습니다. 짬뽕하고 이과두주 한 병."

"잘하셨습니다. 하여튼 마음이 쓰여서 설 부장님을 그냥 보낼 수가 있어야죠."

오늘 도서관에서 설현서가 보여준 사자후 때문에 송민성은 설현서가 염려되었던 것이다.

"······신경 쓰게 해서 죄송하네요."

"잡생각 날리고 스트레스 해소하기엔 매운 짬뽕이 최고죠."

종업원이 짬뽕과 이과두주를 붉은 테이블에 놓았다. 송민성이 먼저 술을 권했다. 송민성은 설현서의 눈치를 살피며 조심스럽게 말을 꺼냈다.

"저, 아까 설 부장님의 그런 모습, 처음이에요."

"당황하셨죠?"

"근데 멋있었습니다."

송민성이 엄지손가락을 치켜세웠다.

"설 부장님! 도서관에서 부장님이 한 말 중에 틀린 말 하나도 없어요. 저는요 통쾌했습니다. 천 교감이 어찌나 당황하던지 얼굴이 벌겋게 달아올랐지 뭡니까. 천 교감이 부장님 나간 다음에 말 한마디 못 했어요. 못한 건지 안 한 건지 모르지만. 솔직히 부장님 말이 다 옳잖습니까? 교감이 뭘 반박하겠어요?"

"그렇더라도 제가 완곡하게 말했어야 했는데······ 그러질 못했어요."

"성인군자도 아니고 사람이 살다 보면 그럴 때가 있습니다. 그런데 내내 조용히 있다가 갑자기 왜 그런 거예요?"

"······."

"특별한 이유가 있나 싶어서요. 괜한 걸 물었죠?"

"중학교 때였던 거 같아요. 부모 없는 자식이란 말에 처음 발끈했던 게. 엄마가 저 일곱 살 때 돌아가셨거든요."

"설 부장님, 저기!"

송민성이 눈으로 식당 입구를 가리켰다. 천방지와 행정실장 김완용이 들어오고 있었고 중년의 신사 한 명과 젊은 사람 한 명이 잇달아 들어왔다. 그리고 또 한 사람, 학교법인 은성학원 이사장 천상혁이 있었다. 그들은 식당 사장의 안내를 받으며 귀빈실로 향했다. 서로를 신경 쓰느라 그들 중에 누구도 설현서와 송민성이 앉은 창가 쪽으로 시선을 돌리지는 못했다.

"여기서 이사장하고 교감을 보게 될 줄이야."

송민성의 시선이 문 닫힌 귀빈실을 향했다.

"하필……."

설현서가 창밖으로 시선을 돌렸다.

송민성은 설현서의 불편한 심기가 느껴졌다. 송민성도 이사장 일행과 같은 식당에 있다는 게 편할 리 없었다.

"아참, 미안합니다, 말 끊어서. 근데 뭔지 알겠어요."

송민성이 화제를 아까 이야기하던 주제로 되돌렸다.

"우리 아버지가 월남전에서 다리에 총상을 입으셨는데, 3급 장애. 오른쪽 다리가 의족이에요. 학창 시절에 누구한테든 '병신'이라고 욕하는 친구 보면 가만있지 않았어요. 그렇다고 먹살잡이하진 않았지만 몰래 그 친구 노트 몇 페이지 찢어버리고 책상에 침 뱉고. 하하."

설현서와 송민성은 더 앉아 있을 수 있었으나 누가 먼저랄 것 없이 이과두주만 비우고 식당을 나왔다. 나오면서 송민성이 말했다.

"저 사람들만 아니면 편하게 술 한 잔 더 하는 건데 말입니다. 사실 저 할 말이 있었는데 정작 그 얘길 못했네요."

"무슨 얘긴데요?"

"별거 아녜요. 사람이 철을 따라 열매를 맺는 나무인지 바람에 나는 거인지는 두고 봐야 아는 거니까요."

"밑도 끝도 없이 그게 무슨 말이에요?"

"……."

송민성은 대답 없이 허공만 바라봤다.

설현서도 송민성도 대리기사에게 키를 맡기고 집으로 향했다. 설현서는 차에서 두 딸에게 취중 문자를 보냈다.

-연희, 몇 시에 집에 오니?

-우리 둘째 저녁 먹었어?

5분, 10분이 지나도 딸들의 답은 오지 않았다. 설현서는 그것이 익숙한 듯 피식 웃었다. 스마트폰을 만지작대던 그는 진에게 문자했다. 바로 진의 답이 이어졌다.

-잠깐 들를 걸 그랬나 봐

-지금 어딘데요?

-곧 집 앞

-시 한 편 보내드릴까요?

-가을이긴 하구나. 시집을 읽고

-선배가 저한테 보여줬던 시... 선배 학부 때 자작시

-내가 쓴 거?

-네

미풍

미풍 하나

수선화 주위를 맴돈다

이내

수선화 노란 꽃잎

스치고 지나 뒤돌아본다

매일,

미풍 하나

수선화 주위 서성이다 뒤돌아본다

수선화 발밑에 내려앉은 미풍

물결에 떠내려가고 만다

-선배, 기억나요?

-기억난다. 영어로 옮기기 전에 너한테 보여줬던 거. 근데 그걸 어떻게 다 기억하니?

-영작할 때 선배가 수선화를 rose로 바꿨어요. rose가 연인을 상징한다면서

-그랬었지

-이제 집 앞이겠어요

-거의

-손님 왔어요

-그래

눈을 감고 풋풋했던 학부 시절을 회상하는 사이 아파트 지하 주차장 진입 경보음 소리에 설현서는 눈을 떴다.

801호 현관문을 열고 집안에 들어서자, 설현서는 깔끔하게 정돈된 거실이 휑하게 느껴졌다. 첫째 딸 연희 방은 거실처럼 깔끔했고 둘째 연재 방엔 뱀이 허물 벗듯 벗어놓은 옷들이 바닥에 널브러져 있었다. 설현서는 거실 소파에 기대앉아 습관처럼 TV를 켰다.

다음 날 아침 출근했을 때 설현서의 스마트폰에 문자 하나가 와 있었다. 그의 폰에 저장되지 않은 전화번호였다. 그 문자를 확인하기 전에 어제 진과 주고받았던 문자를 한 번 더 읽었다. 그리고, 삭제했다.

-설 부장, 나 은성중 김민규 교장이요. 오늘 점심시간이나 수업 없을 때 우리 학교에 와줄 수 있소?

문자를 확인한 설현서는 김민규 교장에게 전화해야 할지 아니면 문자로 답해야 할지 잠시 머뭇거렸다. 그는 김민규 교장에게 전화했다.

"안녕하십니까, 교장 선생님. 은성고 설현서입니다."

"설 부장, 반가워요. 혹시 오늘 볼 수 있을까 싶어서 문자 남겼는데……"

김민규는 교장실에 있을 테니 아무 때나 한번 오라 했고 설현서는 점심시간에 찾아가겠다고 말했다. 설현서는 점심시간 직후 5교시 수업이 없었다. 그는 김민규의 문자가 어제 도서관에서 있었던 일 때문이라고 어렴풋이 생각했다.

"해가 서쪽에서 뜨겠습니다. 교장 선생님이 전화하실 줄이야?"

고영민이 농담 반 진담 반으로 말했다. 그도 그럴 것이 은성고 교장은 교사를 호출하는 일이 일절 없었기 때문이다.

"우리 교장이 아니라 은성중 김민규 교장 선생님."

설현서는 그렇게 말하고 이성현에게 고개를 돌렸다.

"이성현 선생님 요즘 너무 과묵한 거 아닙니까? 웃는 모습 본 게 언

젠지 모르겠어. 무슨 일 있어요?"

설현서는 1학기 때와는 사뭇 달라진 이성현의 표정과 행동거지가 내심 신경 쓰였다.

"아뇨. 아무 일 없습니다."

"행정실 천 주무관하고 잘 어울려 다니더니 2학기에는 둘이 같이 다니는 걸 못 본 거 같아요."

"3학년 학생들 성적이 기대만큼 나오지 않아서 제가 부담을 느끼나 봅니다. 부장님, 저는 3학년부 교무실에 있다가 수업 들어가겠습니다."

이성현은 노트북을 챙겨서 밖으로 나갔다.

"부장님, 이 선생이 여친하고 잘 안 풀리나 봐요. 그래도 저 때가 참 좋은 때 아닙니까?"

고영민은 이성현의 뒷모습을 부러운 눈으로 쳐다봤다.

"여친?"

"한창 젊은 사람이 왜 없겠어요? 아, 설 부장님은 여친이나 애인 없으세요?"

고영민이 장난스럽게 물었다.

"별 소릴 다하네."

11.
금수저 콤플렉스

점심 식사를 마친 설현서는 가을 정취를 느끼며 교문을 나섰다. 플라타너스 낙엽이 설현서 발에 굴러와 부딪혔다. 인도에는 노란 은행나무 잎이 양탄자처럼 깔렸다. 설현서는 문득 풋풋했던 학부 시절 자작시가 떠올랐다.

남겨진 사랑은 부서지는 낙엽 한 장
눈부신 노랑, 빨강……

"선생님!"
"아, 깜짝이야!"
고2 서예린이 손바닥으로 설현서의 등을 때렸고 감성에 젖었던 설현서는 소스라치게 놀랐다. 예린 옆에는 혜자, 현주도 있었다. 셋은 일명 은성고 문창(문예 창작)동아리 삼총사였다. 삼총사는 문창동아리 담당 교사인 설현서에게 평소에도 장난스레 인사하곤 했는데 설현서는 그것을 귀엽게 봐주었다. 한편 영어 교사인 그가 문창동아리를 맡게 된 것은 온전히 그의 소설 출간 이력 때문이었다. 국어 선생들에 의해 등 떠밀리듯 동아리를 맡게 되었지만 설현서는 그것이 싫지 않았다.

"샘, 어디 가세요? 점심은 드셨어요? 점심 메뉴 별로죠?"

현주가 속사포처럼 물었다.

"너희들 외출증은 받고 나온 거니?"

"당근, 아니죠. 헤헤. 급식 안 먹고 편의점에서 해결!"

혜자가 당당하게 말했다.

"어서 들어가! 선생님은 밖에 볼일 있어."

"샘, 우리 문집 발간은 어떡해요? 올해 힘들 거 같지 않아요?"

예린이 울상을 지었다. 문집 발간계획은 문창동아리 학생들의 최대 관심사였으나 진척이 더뎠다.

"너희들이 워낙 시간이 없으니까. 올해 못하면 내년에 하면 된다고 생각하자. 그것 때문에 선생님이 너희들 시간 뺐을 수도 없잖니? 다음 주에 연합 학력평가(모의고사) 있지?"

"그놈에 학력평가! 샘, 저희 들어갈게요."

예린이가 혜자, 현주의 팔짱을 끼고 쌀쌀맞게 돌아섰다.

은성고에서 은성중까지 걸어서 5분 거리였다. 고등학교와 달리 중학교 운동장엔 뛰어노는 아이들이 가득했다. 설현서는 몇몇 학생들의 인사를 받으며 교장실로 향했다.

문을 열어둔 채 홀로 교장실에 있던 김민규 교장이 설현서를 맞이했다.

"설 부장, 반가워요. 문자 받고 놀라지 않았어요? 무슨 일인가 했겠어."

"안녕하십니까, 교장 선생님."

설현서가 교장실에 들어서자 김민규는 직접 문을 닫았고 문이 잘 닫혔는지 재차 확인했다.

"커피? 녹차?"

김민규가 마실 것을 권했다. 설현서는 괜찮다고 했지만 김민규는 설현서 앞에 뜨거운 커피를 놓았다. 설현서가 김민규와 마주 앉은 건 지금이 처음이었다. 김민규는 먼저 날씨 얘기를 했다. 설현서의 가족에 대해서도 물었다. 그리고 세 가지 이야기를 하나씩 시작했다. 그중엔 설현서의 귀를 의심케 하는 것도 있었다.

"설 부장, 문자 확인해 보시죠."

-[기획연재] 통제 사각지대, 사학
-http://m.koreastarnews.com/10261207

설현서는 김민규가 보낸 URL 주소를 터치했다.

[기획연재] 통제 사각지대, 사학

1. 교원 채용 비리와 이사장의 친인척 교직원 채용 실태

2. 공공연한 비밀, 사립학교 매매

<공공연한 비밀, 사립학교 매매>

사립학교법 제28조 제2항은 학교의 존립을 흔들 수 있는 토지·건물 등 교육용 기본재산 매매를 금지하고 있다. 그러나 현실은 그와 달리 공공연한 뒷거래가 횡행하고 있어 문제로 지적되는 것이다.

지난해 12월, 서울북부지법 형사합의13부는 중학교 양도를 조건으로 사학법인 이사장에게서 수십억 원을 가로챈 이 모(40) 씨를 특정경제범죄 가중처벌법상 횡령 등 혐의로 기소하고 징역 5년, 추징금 4억 2천만 원을 선고한 일이 있었다.

경기도 소재 학교법인 E 학원 산하 E 중학교를 이 학원 이사장 C씨가 ㈜밸런스티앤에게 양도하면서 약정한 금액은 40억 원이었다. 이 씨는 이 가운데 37억 원을 중간에서 편취한 혐의로 기소됐었다. 이후 E 학원은 또다시 학교 매매를 시도했다. 경기도교육청에 재단 소속 E 중학교

를 신생 모 학교법인에 무상 증여토록 허가 신청했으나 불허된 것이다. 법인 간 무상 증여를 가장한 뒷거래 사실이 밝혀졌기 때문이다.

"설 부장! E 학원, E 중학교가 어딘지 아나?"

"모르겠습니다."

"은성학원, 은성중학교라네."

"네?"

설현서는 저도 모르게 입이 떡 벌어졌다.

"명색이 학교장이다 보니 별걸 다 알게 돼."

"선생님들도 알고 있을까요? 평교사들이요."

"알기는? 선생들은 그런데 관심 없어요. 교장, 교감한테 고개 숙이고 시키는 일만 하지. 아무튼 이 건으로 이사장 손아귀에 적잖은 돈이 들어갔을 걸세."

김민규는 브로커 이 씨가 편취했다는 37억 원을 브로커와 이사장이 5대5로 배분해 가졌다고 보는 게 상식이라고 했다. 브로커는 억대 연봉을 챙기고 징역살이하는 것이고 이사장은 손끝 하나 대지 않고 로또 1등 당첨금액을 손에 쥐는 격이었다.

"흉악 범죄도 처음이 어렵지 한 번 저지르고 나면 두 번째, 세 번째는 식은 죽 먹기랍니다. 하물며 사기는, 두말하면 잔소리지."

"그럼……."

"천상혁 이사장도 천방지도 브로커 섭외 시도는 계속할 겁니다. 브로커를 통해 교육사업에 관심 있는 기업을 물색해서 물불 가리지 않고 매수자를 구워삶을 테지. 이게 되는 이유가, 교육 사업하려는 사람들이 의외로 순진해요. 뉴스 찾아봐요. 전국에 학교 매매 사례는 한두 건이 아닐 겁니다."

설현서는 어제저녁 마카오 반점에서 봤던 이사장 일행이 떠올랐다. 천방지 옆에 있던 낯선 중년 남성과 젊은 사람은 브로커 아니면 기업 관계자였는지 모를 일이었다.

"설 부장, 쉽게 돈맛을 본 사람들은 사람을 먼저 생각하지 않아요. 그런 사람들한테 사람은 피라미보다 못한 존재일 뿐입니다."

김민규는 커피 한 모금을 입안에 머금었다 삼켰다.

"5교시 수업 있어요?"

"5교시는 없고 6, 7교시에 있습니다."

"혹시 '금수저 콤플렉스'라고 들어봤어요?"

"처음 듣습니다."

"내 친구 중에 컴퓨터 제조업으로 성공한 친구가 있어요. 그 친구가 클린그룹 재벌총수 2세를 만났을 때 얘깁니다. 그가 제 친구한테 그랬답니다. '아버지로부터 기업을 물려받은 재벌 2세인 저보다는, 밑바닥에서 시작해서 지금의 기업을 일궈내신 사장님이야말로 기업의

총수라 불릴 만합니다.'라고. 금수저는 두 가지 유형을 보여요. 겸손하거나 악독하거나. 궁극적으로 금수저는 흙수저가 경제적으로 사회적으로 성공하기까지의 시간과 노력이라는 과정의 결핍을 경험하죠. 그 결핍을 인정하는 금수저는 겸손할 것이고 그렇지 않으면 악독스럽죠. 악독한 금수저는 아랫사람의 그럴만한 건의조차 도전으로 받아들이기 십상입니다. 그런 금수저는 자기 생각에 반론을 제기하고 NO라고 말하는 사람을 극도로 경계하는 성향이 있는데 자신이 겪은 남모를 시련을 상대가 무시한다고 생각하는 거죠. 그런 사람이 갖는 콤플렉스가 금수저 콤플렉스. 그런 겁니다."

김민규가 커피잔에 손을 가져갔다. 출입문을 보며 주변을 살피는 낯빛이었다.

"커피가 다 식었구먼. 설 부장, 어제 일로 천방지 속이 부글부글할 거요. 천 교감이 사람의 마음을 헤아리는 사람도 아니고. 학교는 옳고 그름, 합리와 비합리를 따지는 곳이 아닙니다. 정의와 부정을 논해서도 안 돼요. 학생들 앞에서는 예외지만…… 나도 젊은 시절에 교장을 들이받은 적이 있어요. 지금 생각해도 어이없어요. 가르치는 일보다 행정 능력이 교사에게 더 중요하다는 당시 교장의 말에 불끈해서…… 앞으론 천 교감이 무슨 말을 하든지 한 귀로 흘려버리고 침묵하세요. 설 부장이 걱정돼서 하는 얘기고 그래서 설 부장한테 오늘 보자고 한 겁니다. ……그럼 일어날까요? 내일 재단 회의 때 또 설 부장 얼굴 보겠구만요."

설현서는 내일 있을 회의에서 학교 매매에 대한 이사장의 변론이 있을 거라는 생각이 들었다. 재단 회의는 연말, 연초에 한 번씩 있었지 시월에 갖는 건 처음이었다. 설현서는 김민규와의 만남으로 갑작스러운 재단 회의의 배경이 이해되었다.

"교장 선생님, 마음 써주셔서 감사합니다."

"그래요. 그럼, 내일 봅시다."

설현서가 교장실을 나와서 은성고로 향할 때였다. 문자 하나가 왔다.

-부장님, 지금 어디 계세요?

고영민의 문자였다. 설현서는 문자 확인만 하고 답하지 않았다.

교무실로 돌아온 설현서가 고영민 뒤를 지나치면서 물었다.

"고 선생님, 나 찾았죠?"

"아까 교감 선생님이 저하고 부장님 찾으셨거든요."

"무슨 일로?"

"저도 잘 모르겠습니다. 부장님 안 계시다 했더니 내일 재단 모임 끝나고 교감실로 오라네요."

설현서는 탁상달력을 보았다. 신입생과 학부모 대상 고입 설명회 일정이 일주일 앞이었다.

12.
변화

재단 회의는 은성고 소강당에서 4시에 개최되었다.

"앞에 빈자리가 많습니다. 빈자리부터 채워 앉아주시길 부탁드립니다."

교무부장의 안내에도 교사들은 요지부동이었다. 그 모습을 보고 송민성이 허공에 대고 말했다.

"자고로 높으신 분들하고 멀리 떨어져 있을수록 마음이 편한 법이니, 아예 학교를 떠나면 얼마나 마음이 편할까요?"

송민성의 미소 띤 표정을 설현서가 바라봤다. 그의 유난히 밝은 얼굴 때문인지 설현서는 학교를 떠나면 얼마나 마음이 편하겠느냐는 그의 말을 새겨듣지는 못했다.

"이사장님 오셨네요. 교장, 교감도……."

송민성은 연단에 올라서는 이사장을 응시했다.

국민의례와 천방지의 인사말이 있었고, 이어서 이사장이 마이크 앞에 섰다.

"안녕하십니까, 이사장 천상혁입니다. 아마도 오늘 모임이 갑작스러워서 선생님들께서 무슨 일인가 하셨을 줄 압니다."

이사장의 이야기가 시작되자 앞줄에 앉은 몇몇 교사를 제외한 나머지는 훈계 듣는 학생처럼 하나같이 고개를 떨궜다.

"……기사를 보신 선생님이 계실지 모르겠습니다. 이사장인 제가 은성중학교를 매각하려고 했다는 기사 말입니다. 기사 내용을 부인하지는 않겠습니다. 저는 경기 북부 지역의 교육을 선도할, 기함의 역할을 할 명문 고등학교가 하나쯤은 있어야 한다고 생각합니다. 그래야 우리 지역의 교육환경과 여건이 개선될 수 있다고 믿습니다. 저는 은성고등학교가 그 역할을 맡아주길 바랐습니다. 만약 중학교 매각이 성사되었다면 적잖은 재정 확보가 가능했을 것입니다. 그 재정은 은성고등학교 학생과, 교사, 학교 발전을 위해 쓰일 수 있었습니다. 그러나 어떤 작자의 농간에 휘말려서 계획대로 되지 않았다는 말씀을 드립니다. 그 과정에서 불철주야 애써주신 은성고 김완용 행정실장, 그리고 천방지 교감은 쉽게 아물지 않을 상처를 입기도 했습니다. 학교 팔아서 뒷돈 챙기겠다는 거 아니냐, 돈에 눈이 멀어 교육자의 책무를 망각했다 등등 교육청 관계자의 치욕스러운 말을 참아야 했습니다. 저도 마찬가지였습니다. 우리 은성학원의 사정에 무지한 사람들이 무슨 말을 못 하겠습니까. 그러나 여기 계신 선생님들은 이사장의 선의를 이해해 주시고 곡해하지 않길 바랍니다. 지역 교육 여건의 개선과 학교 발전을 위한 노력이 비난받아서는 안 될 것입니다."

이사장의 구구절절한 이야기는 30분 동안 계속됐다. 이사장은 마지막에 이렇게 말했다.

"우리 선생님들 궁금한 게 있을까요? 혹시 질문해 주시면 답변드리겠습니다."

질문하는 교사는 없었다.

재단 회의가 끝나자, 설현서와 송민성은 후문 밖으로 나갔다. 송민성이 잠시 걷자고 제안했기 때문이다. 설현서가 물었다.

"선생님은 알고 계셨어요? 은성중 매각 관련 기사."

"아뇨. 학교 홈페이지도 안 들여다보는걸요. 그리고 어떤 선생이 '은성중', '은성고'를 인터넷에서 검색해 보겠어요? 다른 선생님들도 이사장 말은 금시초문일 겁니다. 아무튼 관심 없어요. 학교 매각이 선생님들한테 영향이 있는 것도 아니잖아요. ……설 부장님!"

"네, 말씀하세요."

"저, 명예퇴직 신청했습니다."

송민성의 느닷없는 말에 설현서는 자기도 모르게 걸음을 멈추고 그를 처다봤다.

"뭘 그렇게 놀란 눈으로 처다보세요?"

"어떻게 제가 아무렇지 않을 수 있어요?"

교육경력 20년 이상의 사립학교 교직원과 교육공무원은 명예퇴직을 신청할 수 있었다. 일주일 전쯤 설현서도 천방지와 교무부장에게서 교육청 메신저로 명예퇴직 관련 공문을 전달받았었다. 멈춰 선 설현서는 발걸음이 떨어지지 않았다.

"여태 아무 일 없이 잘 지내시다가, 왜 갑자기요?"

"지방대 물리치료학과 다니는 막내아들이 올해 졸업반이에요. 물리치료사는 취업이 어렵지 않잖아요."

"어려운 게 아니라 거의 다 취업하죠."

"어떻게 보면 자식 키운다고 교사를 한 건데. 자식 다 키웠으니 뭐. 그건 그렇고 이거 한번 보실래요?"

송민성은 명함 하나를 내밀었다.

"중고차 매매 명함이네요."

"뒷면 보세요."

"이게 뭐예요?"

명함 뒷면에는 '학교에서 꺼져!'라는 말이 쓰여 있었다.

머칠 전 송민성은 아파트 주차장에서 승용차 사이드미러가 부러져 있는 걸 발견했는데 그것이 세 번째였다고 한다. 앞선 두 번의 사이드 미러 파손은 그냥 지나쳤으나 세 번째 사이드미러 파손을 보고서는 저도 모르게 두려움이 몰려왔다는 것이다. 송민성이 운전석 창문에 끼어있는 명함을 발견한 건 사이드미러가 세 번째 파손되었을 때였다. 그는 한 가지 이야기를 더 했다.

"사이드미러 파손, 고의를 의심하지 않을 수 없더라고요. 누군지 모르지만. 또 하나 있어요."

"……?"

설현서는 눈썹을 치켜올렸다.

"지난 겨울방학 때니까 벌써 아홉 달 전이네요. 천 교감이 아내를 학교로 부른 적이 있어요."

"교감이 사모님을 왜요?"

"교감이 아내더러 나 모르게 학교 방문하라 했었대요. 내가 알면 '뭐 하러 학교 가나?'가지 말라고 했을 테니까. 교감이 그것까지 생각한 거죠. 학교에서 교감이 아내한테 그랬대요. 나에 대한 학생과 학부모 항의 민원이 많다, 내가 집에서는 잘 지내는지 모르지만, 학교에서는 조울증 증세를 보인다 등등. 그러니 무급 휴직을 생각해 보라……. 놀랍지 않아요?"

"터무니없는 얘기고 화가 납니다. 놀라운 건 그런 얘길 남 얘기하듯 담담하게 하는 부장님 같습니다. 아니 근데, 정말 교감이 사모님한테……?"

"그렇게 말한 게 사실이냐고요? 사실이면 어떻고, 아니면 어떻고? 설 부장님, 저 명예퇴직 신청하고 나니까 진짜 마음이 편해요. 그리고 내년 초에 아내하고 조그맣게 분식집 하려고요. 명예퇴직도 분식집 개업도 아내가 동의했거든요."

아내가 동의했다는 말에 설현서는 아무 말도 할 수 없었다.

"망하더라도 큰 손해 없도록 조그만 분식집. 사람이 철을 따라 열매를 맺는 나무가 될지 바람에 나는 거가 될지는 두고 봐야 아는 거 아닙니까? 근데 저는 꼭 열매가 무성한 나무가 될 겁니다."

송민성은 환하게 웃었다.

자동차 사이드미러 파손, 명함에 쓰인 말, 그리고 터무니없는 천방지의 행태, 그 모든 것이 설현서에겐 충격이었다. 설현서는 밀려오는 안타까움과 아쉬움에 망연자실했다. 그래서인지 그는 스마트폰 수신 음조차 인지하지 못했다.

"설 부장님, 전화 오잖아요."

"아, 네."

고영민의 전화였다. 설현서는 고영민과 함께 교감실 가는 걸 깜박했다.

"부장님, 저 먼저 들어가야겠어요."

설현서는 황급히 교감실로 향했다.

교감실 앞에는 설현서를 기다리는 고영민이 있었다.

어느 때처럼 천방지는 교사를 회의 테이블 앞으로 안내했다.

"어서 오세요. 거기 앉으세요. 퇴근 시간도 다 됐으니 단도직입적으로 말할게요."

설현서는 왠지 '단도직입적'이란 표현이 거북했다.

"다음 주부터 고입 설명회 있죠?"

"네, 그렇습니다."

설현서의 대답이 퉁명스러웠다.

"이번에는 고영민 선생님이 스피커 하시죠. 고 선생님 홍보부서 경력이 5년이던데 그 정도면 전문가 아닙니까? 일단 올해 고 선생님이 고입 설명회 준비해 주시고. 설 부장!"

"……네, 교감 선생님."

"설 부장이 고 선생 좀 도와주세요. 고 선생님은 설명회가 당장 다음 주니까 잘 준비해 주시고요."

교감실을 나와서 자리로 돌아올 때까지 설현서와 고영민은 말이 없었다. 먼저 말을 꺼낸 사람은 설현서였다.

"고 선생님, 표정이 왜 그래요?"

"네?"

"에휴, 잘 됐습니다. 매년 이맘때면 설명회 때문에 신경 쓰였는데……. 일단 제가 가진 자료 메신저로 보내드릴게요."

누가 그를 소멸시켰는가

"예년처럼 부장님이 하시면 될 일을 굳이 제가 해야 하는지 잘 모르겠습니다."

"교감 선생님이 하라면 해야죠."

설현서는 고개를 돌렸다. 그가 학교 생각을 줄이고 한동안 접어두었던 글쓰기에 집중해야겠다, 생각한 것이 이날이었다.

13.
(사랑 or 욕심) 끌어당김

해가 바뀌고 4월이 되었다.

교사 명예퇴직은 교육공무원법에 따라 공고와 신청 기간을 거쳐 2월과 8월 말 시행되었다. 그래서 누구는 2월에 누구는 8월에 퇴직했다. 지난해 명예퇴직을 신청했던 송민성은 퇴직 인사 없이 2월에 조용히 학교를 떠났다. 그를 위한 교직원 회식 자리에 정작 주인공은 나타나지 않았고 퇴임 인사말은 해야 하지 않겠냐며 학교에 와달라는 교장, 교감의 요청도 따르지 않았다.

설현서는 몇 차례 송민성에게 전화했었는데 송민성은 바로 받지 못할 때가 많았다. 통화가 되더라도 아내와 함께 분식집 개업 준비로 눈코 뜰 새 없이 바쁘다는 말만 반복했다. 하지만 그의 목소리는 무척 밝았다. 교직에 있을 때의 목소리가 아니었다. 비록 조그만 가게지만 아내와 함께 실내 벽지를 고르고, 의자, 테이블, 밥솥, 냉장고 등을 구매하러 다니는 시간까지 내내 감사하고 기쁘다고 했다.

누가 그를 소멸시켰는가

그런데 송민성 자동차 사이드미러 파손은 더 이상 일어나지 않았을까? 묻진 않았지만, 송민성의 밝은 목소리가 그런 일은 일어나지 않았다는 답변을 대신해주었다.

장편소설 '매직 in 카페', 설현서가 지난 5개월 동안 글쓰기에 매진한 결과물이다.

> 매직 in 카페
> 온갖 인간 군상의 환상을 다루었다. 그들의 서로 다른 환상은 카페에 들어서는 순간 실현된다.
> 순간, 순식간에, 찰나에, 생각할 틈도 없이……
> 그러나 카페를 나서면 사라지는 환상, 카페에서 일어났던 일을 기억하는 이도 없다.
> 카페 안에서 펼쳐진 환상이 카페 밖에서도 이어질 수 있을까?
> 별똥별이 흐르는 순간 소원을 빌면 이루어집니다.
> 순간, 순식간에, 찰나에, 생각할 틈도 없이……
> 그러나 별똥별이 흐르는 찰나의 순간에 소원을 빌 수 있는 사람은 없습니다. 거의.
> 단, 수천 년에 한 번꼴로 간절함에 매진하는 이들이 문득

지쳐 쳐다본 밤하늘의 별똥별이 기적을 이루어지게 하곤
합니다.

순간, 순식간에, 찰나에, 생각할 틈도 없이……

"우리 카페는 특별한 규칙이 있습니다. 주문하기 전에 말
씀해 주셔야 할 게 있어요. 묻겠습니다. 당신의 환상은 무
엇입니까?"

카페 여주인의 물음에 주저 없이, 순간, 순식간에, 찰나
에, 생각할 틈도 없이 답하는 그런 사람의 환상은 카페
밖 현실이 됩니다.

순간, 순식간에, 찰나에, 생각할 틈도 없이……

설현서는 모든 사람이 환상을 꿈꾼다고 생각했다. 내 손이 미다스
의 손이 되든, 하늘에서 햄버거가 우박처럼 떨어지든, 어느 날 내 집
이 동화 속 궁전이 되든, 환상의 연인과 사랑에 빠지든…….

환상을 꿈꾸는 동안 어른들은 어린 시절의 순수했던 표정과 웃음
소리를 되찾을 거라고 설현서는 믿었다. 불완전한 초고에 불과하지
만, 설현서는 완수해 냈다는 기쁨이 컸다. 이제 빵 반죽을 숙성하듯
한동안 원고를 묵힐 참이다. 걸핏하면 생각날 테고, 파일을 열어보고
싶고, 흡족하지 않은 부분을 당장 뜯어고치고 싶겠지만, 원고를 최소
한 6주 동안 묵힐 생각이다. 그렇게 하는 것은 스티븐 킹의 창작론을

따른 것이었다.

설현서가 틈나는 대로 글쓰기에 매진한 데는 자꾸만 위축되는 자신의 감정으로부터 도피하기 위함도 있었다. 비현실적인 판타지 소설을 쓴 것도 그러한 이유일 것이다.

설현서는 더 이상 부장 교사가 아니었다. 설현서보다 열한 살 어린 고영민이 올해 홍보부장 임명장을 받았다. 그것은 고영민의 실질적인 홍보부장 역할이 시작된 지난해 11월부터 예견된 일이었다. 설현서는 지난해 고영민이 앉았던 자리에 앉았다. 전례 없는 업무 변화여서 설현서 본인보다 동료 교사들이 더 어리둥절해했다. 특히 설현서 맞은 편에 자리한 이성현은 당혹감이 컸다.

연초 은성학원 정교사 공개경쟁 채용시험에 응시했던 이성현은 최종 합격하여 기간제 교사 타이틀을 벗어버렸다. 천방지에 의해 이성현이 이미 최종합격자로 내정되었음을 은성고 교사들은 의심하지 않았다. 공개 채용이고 전례 없는 높은 경쟁률 때문에 이성현의 최종 합격이 어려울 수 있다던 몇몇 교사들의 조심스러운 예측은 보기 좋게 빗나가고 만 것이다. 경기 북부 한 사립고등학교 사회 교사 1인이 되기 위해 전국 각지에서 지원한 100명이 넘는 예비 교사들은 결국 내정자의 들러리에 불과할 뿐이었다.

설현서와 마주 앉은 이성현은 설현서를 아직 '부장님'이라 호칭하고 있었다. '영어 선생님'이라 부르라는 설현서의 말을 그는 쉽게 따르지 못했다. 고영민 또한 설현서를 '설 부장님'이라 불렀다.

'그놈의 호칭이 뭐라고.' 설현서는 생각하지 않을 수 없었다. 설현서를 홍보부서가 아닌 다른 부서에 배정했더라면 하는 동료 교사들의 아쉬움이 컸다.

"부장님!"

이성현이 말했다.

"네."

고영민과 설현서가 동시에 대답했다. 이성현의 시선은 고영민을 향하고 있었다. 무안해진 설현서는 고개를 숙였다.

"고 부장님이 정말 교육청 들르실 거예요? 교무부장님이 저한테 문서수발실에서 우편물 가져오라 해서요."

"내가 좀 일찍 퇴근하면서 들르면 돼. 신경 쓰지 마."

고영민은 교육청에 들를 생각이었다. 교육지원청 문서수발실은 우체국 우편물 보관소와 비슷했다. 지원청 소속 단위 학교로 발송되는 우편물을 보관하는 곳이 거기였다.

"설 부장님, 혹시 교육청 옆에 카페 '인연'이라고 있잖아요? 거기 가 보셨어요?"

고영민의 물음에 설현서는 가슴이 덜컥했다. 얼굴이 달아오르는 느낌도 들었다. 설현서는 대답은 하지 않고 혼자 생각했다. '내가 왜?'

"거기 여주인, 누구더라. 영화배우 닮았던데…… 아무튼 되게 매력적입니다. 겨울방학 때 제가 교육청에서 감성교육 연수 5일 받았는데 5일 내내 연수받는 샘들하고 카페에 갔다는 거 아닙니까."

고영민이 카페 여주인 얘길 꺼내자, 설현서는 마음속에서 모호한 불쾌감이 일었다. 알 수 없는 그런 기분에…… 설현서는 또 생각했다. '내가 왜?'

"그분 저랑 나이 비슷할 거 같던데. 하하."

"연상 아닐까요?"

설현서의 물음은 고영민의 말이 끝나기 무섭게 나왔다.

"설 부장님, 가 보신 거네요? 연상이면 어떻습니까? 예쁘면 그만이죠. 부장님, 저는 교육청에 들러야 해서 먼저 퇴근하겠습니다."

고영민은 기분이 꽤 들떠 보였다.

설현서는 들뜬 고영민과 그에 대한 자신의 모호한 불쾌감 때문에 혼란스러웠다. 다만 한 가지만은 분명했다. 누구와도 카페 인연이나 진에 관해 이야기하고 싶지 않다는 것이다. 그는 언제 카페 인연에 갔었는지 생각했다. 성탄절, 연말, 연초에 진과 안부 문자를 주고받았을 뿐이었다. 설현서는 지난 5개월 동안 괜스레 위축되어 사람 만나는 걸 꺼렸었다. 카페 인연에 가는 것도 진에게 문자 보내는 것도…….

끌어당기는…

겨울이 간다고
서둘러 달려온 봄은
겨울 끝자락도 보지 못해

안타까운 사랑은
봄을 닮아
떨리는, 마음 곱게 저린다

사람의 마음이 계절을 닮았다는 시를 생각한 건 설현서가 진을 만나려는 핑계였는지 모른다. '고영민이 진을 언급해서, 그것이 탐탁지 않아서?' 설현서는 자신이 진을 만나려는 이유가 고영민의 의도치 않은 자극 때문은 아니라고 여겼다. 진에게 문자를 보냈다.

-오랜만에 카페 들를까 해.

진의 문자를 기다리는 설현서는 내심 초조했다. 다행히 바로 문자가 왔다.

-몇 시쯤에요?

설현서는 진을 8시에 만나기로 했다.

"설현서 샘!"

문에 창작동아리 회장 예린이었다. 복도를 걸어가던 예린이 교무실 열린 문 사이로 설현서를 본 것이다. 설현서에게 다가온 예린 뒤에 혜자와 현주도 있었다.

"쎄엠! 쌤!"

혜자와 현주는 조금 방정맞게 교무실을 쳐들어왔다.

"샘, 다른 샘들 다 퇴근하셨는데 혼자 뭐 하세요?"

예린이 물었다.

"알면 도와주게? 너희들 공부는 열심히 하는 거니?"

설현서는 빙긋 웃었다.

"열심히는 하는데 등급이 안 오르니 문제죠."

혜자가 노인네처럼 한숨을 내쉬었다.

"샘, 저희가 벌써 고3이에요. 올해 문창동아리 신입생은 1명도 없어요. 국어 샘이 문학은 죽었다! 만날 공표하듯 말했는데, 정말 그런가 봐요. 작년에 문집 발간 계획도 흐지부지됐고요."

예린이 우는 표정을 지었다.

"계획대로 되지 않을 때가 있어. 너희들, 책 한 권 만드는 게 쉬운

거 아니다. 작년에 모은 원고 있으니까, 주변에 조금만 더 부탁해 보자. 너희들이 하지 말고 2학년들이 주도하게 하고."

"예린아, 그거 말씀드려!"

현주가 예린을 재촉했다.

"샘, 저희가요. 먼저 문집 이름 정하려고요. 저희 생각 들어보시고 샘 생각도 말씀해 주세요."

"선생님 생각이 중요하겠니?"

"그러지 마시고 샘도 의견 말씀해 주세요. 아시겠죠? 세 가지 안이 있어요. 단풍, 바람, 함박눈. 단풍은 변화와 성숙의 의미가 있다고 생각했고요. 바람은 변함없이 우리 곁에 있으면서 우릴 자극하고 일깨워 주는 의미가 있고, 함박눈은……."

"온화, 냉정, 순수! 하얀색이라 순수, 차가워서 냉정, 굵고 탐스러운 솜 모양이 따뜻해서 온화!"

혜자가 설명을 보탰다.

"선생님은 다 마음에 드는데."

"하나만 골라 주세요. 문창동아리 담당 샘으로서, 네?"

현주가 보챘다.

"정말, 정말 다 마음에 들어. 그리고 온전히 너희들이 결정해야 의미가 있는 거야. 알잖아? 근데 지금 몇 시니? 선생님은 퇴근해야겠다."

"저희도 바쁘거든요. 얘들아, 올라가자!"

문창동아리 삼총사는 야간 자율학습실로 올라갔고 설현서는 그 모습을 보고 미소 지었다. 삼총사 덕분에 설현서는 웃으면서 자리를 정돈하고 퇴실했다.

설현서가 카페 인연에 도착한 시간은 7시 30분. 카페에 들어선 설현서는 진에게 말없이 손을 들어 인사하고 카페 귀퉁이에 있는 테이블로 걸어갔다.

"선배, 저녁 들었어요?"

진이 다가오며 물었다.

"집에 가서 먹어야지. 에스프레소 한 잔 줄래!"

5분여 후 진이 돌아왔다.

"브런치 메뉴지만 제법 든든하답니다. 프리타타예요."

진이 설현서 앞에 브런치 메뉴와 에스프레소 한 잔을 놓았다.

"프리타타?"

"이탈리아식 오믈렛 같은 거."

"오믈렛? 아무튼 잘 먹을게."

저녁은 집에 가서 먹겠다던 설현서는 프리타타 한 그릇을 게 눈 감추듯 깨끗이 비웠다.

"미안, 내가 말도 없이 먹기만 했다."

설현서는 냅킨으로 입가를 닦았다.

진은 통창 밖으로 시선을 돌렸다.

"선배, 다다음 주 금요일이 어버이날이에요."

"그날 부모님 찾아뵙겠구나."

"아뇨."

"왜?"

"선배, 아빠가 얼마 전에 전남편을 만났나 봐요."

"……."

"제가 선배한테 전남편 얘기 처음 하죠? 괜한 얘길 꺼냈나 보다."

"아냐, 괜찮아."

설현서는 진의 이혼 사실을 알고 있었다. 전남편과의 사이에 아이가 없는 것도, 결혼 후 8년 만에 이혼한 것도 알고 있었다. 모두 홈커밍데이 행사에 갔을 때 동기들에게 들은 것이었다.

진은 자기 이야기를 들려주고 싶어 하는 거 같았다.

"아빠는 제가 재결합하길 바라서요. 아직 혼자인지, 재결합 의지는 있는지, 전남편에게 물어보셨을 거예요."

"부모님 의사가 중요하진 않잖아? 당사자 의지가 중요하지."

"그러니까요. 제 나이가 몇인데 아빠가 재결합하란다고 하겠어요? 그치만, 전혀 새로운 사람 만나는 것도 싫어요. 익숙한 게 좋아요."

"……."

"선배, 생뚱맞지만 사랑은 뭐고 결혼은 뭘까요?"

120 누가 그를 소멸시켰는가

진은 어색한지 얼음물에 스트로를 휘저었다.

"……."

"선배, 제 얘기 듣고 있어요?"

"듣고 있어."

"그럼, 얘기해주세요. 듣고 싶어요."

"사랑, 결혼에 관한 생각?"

설현서는 '사랑은 뭐고 결혼은 뭘까요?'라는 진의 물음이 혼잣말처럼 들렸다.

"글쎄. ……사랑은 사회규범을 뛰어넘는 것이지만 결혼은 사회적인 거 아닐까? 사랑은 지극히 개인적이지만 결혼은 그렇지 않고. 가끔은 사랑이 비이성적이란 생각도 들어. 사랑엔 다양한 감정의 폭발이 존재하잖아. 그걸 이성적 논리로 설명하긴 힘들지. 그치만 결혼은 이성적이고 냉정해야 하지 않을까?"

진은 고개를 끄덕였다. 설현서가 한마디 더 했다.

"사랑이 곧 결혼으로 이어지진 않는 거 같아. 그리스 시인 사포는 사랑을 '끌어당기는 힘'이라 표현했는데, 그런 거 같다. 끌어당기는 힘."

"끌어당기는 힘……."

이후 둘은 한동안 말이 없었다. 알쏭달쏭한 눈빛으로 새로운 화제를 꺼낸 건 진이었다.

"아! 선배, 고영민 선생님 아시죠? 그분도 은성고 교사던데."

"네가 그걸 어떻게?"

"어떻게 아냐고요? 겨울방학 때 교육청으로 커피 단체 주문 여러 차례 해 줬어요. 카페에도 자주 왔고요. 요즘에도 가끔 와요. 아까도 여기 왔었어요."

"그래?"

설현서는 모른 척 말했다.

"미주알고주알 말씀이 참 재밌으셔요. 아까는 커피 계산하다 말고 학교 얘길 하지 뭐예요? 선배 학교 교감 선생님이 그렇게 혁신적이라면서요?"

설현서의 표정이 어색해졌다.

"교감 얘기도 했니?"

"추진력이 대단하다면서 칭찬 일색이던걸요. 선배는 복이 많아요. 좋은 상사와 근무하는 것도 복이잖아요."

"문 닫을 시간 됐겠다."

설현서는 진의 말을 긍정해 주지 않았다. 빈말이라도 그러고 싶지는 않았다. 설현서의 달라진 표정이 신경 쓰였는지 진은 카페를 나서는 설현서를 뒤따라 나왔다. 이내 진이 설현서 옆을 나란히 걸었다. 어서 들어가라는 설현서의 말을 진은 따르지 않았다. 나란히 걷는데 팔이 교차하면서 진의 손등이 설현서의 손가락에 닿았다. 두 사람은 서로의 어깨가 스쳤고 서로의 발끝을 보며 걸었다. 설현서와 진은 동시에 걸음을 멈췄다. 진이 설현서의 손을 잡은 것은, 설현서가 차에 타기 직전이었다.

"끌어당김, 이라면서요?"

진의 목소리는 차분했다.

"……."

설현서는 진이 잡은 손을 한번 바라봤다. 진은 손가락을 벌려서 설현서의 손을 깍지 끼어 잡았다. 설현서는 손을 놓지 않았다. 그것이 사랑의 감정인지 욕심인지 설현서는 갈피를 잡지 못했다.

14.
분노와 모멸감 사이

-어제 프리타타 부드럽고 따뜻해서 좋았다. 고맙다.

출근 직후 설현서가 진에게 문자를 하고 있을 때였다.

"설 부장님, 교감 선생님이 찾으세요."

고영민이 설현서 등 뒤를 지나치면서 말했다. 설현서는 스마트폰 화면이 보이지 않게 폰을 뒤집었다.

"교감 선생님이 부장님 수업 없을 때 아무 때나 교감실로 오랍니다."

설현서는 수업이 시작되기 전에 교감실에 가는 게 좋겠다 싶었다. 그는 바로 교감실로 향했다.

설현서는 교감과 단둘이 마주 앉는 것이 참 오랜만이었다. 천방지가 차를 권했지만 설현서는 사양했다. 찻잔을 든 천방지가 설현서 앞에 앉았다.

"설 샘이 부장 보직 내려놓으니까 설 샘 얼굴 보기가 힘들어요."

"······."

설현서는 뭐라 말하기 곤란했다.

"설 선생님, 딸만 둘이죠?"

"네."

"둘 다 고등학생이죠?"

"네, 첫째가 고3, 둘째는 고1입니다."

"한강고등학교, 맞나요?"

"네, 그걸 어떻게 아십니까?"

"교감이 그 정도도 모르면 되나? 거기 한강고 교감 선생님하고 내가 교감 연수 동기예요. 한강고도 사립이죠. 교감 연수 받으면서 거기 교감하고 좀 친하게 지냈지."

천방지는 옅은 미소를 짓더니 옆에 있던 신문을 설현서 앞에 불쑥 내밀었다.

"거기 그래프 보면 알겠지만, 일반 기업 보직 해임 대상자 연령 분포가 50대에 집중돼 있어요. 인사고과 저평가 대상 또한 50대에 몰려있고."

설현서는 기사를 훑어 읽었다.

50대 보직 해임, 직장인의 통과 의례?

······50대 전후가 되면 으레 인사팀의 면담이 시작되고 보

직 해임에 직면한다. 그들에게 주어진 것은 두 가지 선택 뿐이다. 계약직으로 전환해 몇 년 더 근무하거나 위로금을 받고 퇴사하는 것……

"설현서 선생님, 우리 사회에는 흐름이라는 게 있어요. 누군가 흐름을 막고 서 있으면 흐름이 갈라지게 돼요. 그럼 갈등이 생기는 거죠. 이윤 추구가 목표인 기업도 그러한데, 어린 학생을 교육하는 인재를 양성해야 하는 학교는 기업보다 훨씬 더 혁신적이어야 하지 않을까요?"

설현서는 천방지의 의도가 훤히 보였지만 잠자코 있었다. 천방지는 말을 이어갔다.

"며칠 전에 명예퇴직 공문 오지 않았나요? 명예퇴직 고민해 보세요. 설 샘이 흐름을 막는 사람이 아니길 바랍니다."

'명예퇴직 고민해 보세요?' 어렴풋이 그것을 예상했던 설현서였다. 그러나 정작 그 말을 듣고 나니 망연자실했다.

"설 선생님, 하실 말 있으면 하셔도 됩니다."

"……없습니다. 나가 봐도 될까요?"

설현서는 분노인지 모멸감인지 모를 치밀어오르는 감정을 억눌렀다.

"참, 기억나요?"

천방지가 막 나가려는 설현서를 붙잡았다. 설현서가 다시 천방지를 향해 돌아섰다.

"내가 그때 겪은 모멸감을 생각하면……."

천방지는 정색하고 두 눈을 부릅떴다. 천방지는 거의 반년 전 이야기를 꺼냈다. 학력 향상 긴급 협의회 때 천방지를 향한 설현서의 거친 말과 도서관을 박차고 나가는 그의 행동, 그로 인한 천방지의 분노.

"사람을 가르친다는 교사가 기본적으로 윗사람에 대한 예의가 있어야지. 그 많은 선생님 앞에서 한다는 얘기가! 할 말이 있으면 협의회 끝나고 개인적으로 찾아와서 얘길 하든가! 설 샘 얼굴을 보면 그때 생각이, 모멸감이 치밀어올라서 말이야. 시간이 지나도 가시지가 않아!"

탁! 천방지는 들고 있던 찻잔을 탁자 위에 세게 내려놓았다. 찻물이 테이블 위에 튀었고 찻잔이 깨지는 소리가 났다.

설현서는 말문이 막혀 버렸다.

교감실을 나오자마자 설현서는 화장실로 향했다. 모멸감으로 붉으락푸르락 달아올랐을 자기 얼굴을 당혹스러운 감정을 가라앉혀야 했다. 그러지 않고는 학생들 앞에 서기 힘들 것 같았다. 교무실로 돌아온 설현서는 책상 위 스마트폰에 눈이 갔다. 미처 진에게 보내지 못한 문자를 지우고 말았다.

그날 설현서는 퇴근길에 마카오 반점에 들렀다. 매운 짬뽕과 이과두주 한 병을 주문했다.

"오랜만에 오셨네요. 근데 오늘은 혼자세요?"

주인장이 알은체했다. 설현서는 이과두주 한 병을 더 주문했다. 면은 먹지 않고 안주 삼아 짬뽕 국물만 떠먹었다. '정말 혼자군.'불현듯 혼자라는 생각이 그의 마음을 파고들었다. 김동화도 송민성도 학교에 없었다. '20년 넘게 근무한 학교에 맘 터놓고 얘기할 사람이 없다니!'허망함이 밀려왔다.

설현서는 지난 열흘 동안 무기력했다. 그의 표정과 걸음걸이에서 활기가 느껴지지 않았다. 이를 설현서 본인이 모를 리 없었다. 일찍 점심 식사를 마친 설현서는 키보드에 손가락을 올려놓았다. 바탕화면 파일 중 '매직 in 카페'로 가져갔던 커서를 아랫줄로 내려 인터넷 브라우저를 열었다. 설현서는 인터넷 사전에 단어를 입력했다.

허망함: (무엇이) 기대와 달리 보람이 없고 허무하다

아쉬움: 어떤 일에 대해 만족하지 못하거나, 필요한 것이 모자라거나 없어서 안타깝고 서운한 마음

"샘!"

"깜짝이야!"

살금살금 설현서의 등 뒤로 다가와서 그의 양어깨를 친 아이는 예린이였다.

"예린아!"

"샘, 간 떨어질 뻔하셨나요? 크크. 지나가다 샘 혼자 계신 거 같아서 들어왔어요."

"혜자, 현주는?"

"점심 먹는 중!"

"넌?"

"먹었죠. 샘, 여름방학 전에 원고 모집 마무리할 수 있겠죠?"

아니나 다를까 예린이는 문집 이야기를 꺼냈다.

"저 여기 앉아도 되죠?"

예린이는 설현서 옆, 빈 책상 앞에 앉았다.

"뭐든 아쉬움은 남게 마련이야. 추가 원고 모집이 지지부진하면 지금까지 모은 원고로 발간하면 되지. 그것도 선생님이 보기엔 충분해. 첫술에 배부를 수 있겠어?"

"네, 알겠어요."

"너 고3이다. 문집 발간 때문에 시간 뺏기지 말자. 공부에 집중해야지."

"휴, 그놈의 공부. 오늘은 야자 안 하고 일찍 집에 갈 거예요."

"왜?"

"어버이날이잖아요. 아침에 아빠 얼굴도 못 봤어요. 아빠가 저보다 일찍 출근하시거든요. 혜자랑 현주도 오늘은 야자 안 하고 엄마, 아빠 선물 사러 간대요."

"벌써 오늘이 어버이날이니?"

"샘, 뭐예요? 그것도 모르셨어요?"

설현서는 탁상달력을 확인했다. 5월 8일 금요일.

"샘, 저 갈게요."

"예린아!"

"네."

"나중에 문집 최종 원고 파일은 창의혁신 부장 샘 드려라."

"손명희 샘이요?"

"어."

"샘은 원고 안 보실 거예요?"

"봐야지. 근데 손명희 샘이 동아리 활동 예산 담당이니까."

동아리 활동 예산을 포함하여 각종 교육청 지원 예산을 관리하는 창의혁신 부장을 설현서가 군이 언급한 것은, 자신이 원고 검토하지 못할 가능성을 염두에 둔 것이었다. 열흘 전부터 그의 뇌리에 불쑥불쑥 떠오르는 단어가 명예퇴직이었다. 예린이가 나가자 설현서는 아내에게 전화했다.

"난데, 내일 아버지 뵈러 요양병원에 가야잖아."

"면회 예약했습니다. 오후 2시. 연희, 연재한테도 내가 얘기해 뒀어. 쉼터공원엔 안 갈 거야?"

"가면 좋지."

쉼터공원은 설현서 어머니 봉안함이 안치된 곳이다.

"가면 좋지가 뭐야? 아버님 계신 데서 멀지도 않은데. 시간 있으면 우리 아빠, 엄마한테 전화라도 좀 드려!"

"알았어."

전화를 끊은 설현서는 장인 장모에게 전화를 걸지 망설이는 듯 스마트폰을 만지작거렸다. 크흠, 설현서는 헛기침으로 목소리를 가다듬었다. 말이 나온 김에 해야지 그러지 않으면 안부 전화하는 걸 미루다가 결국 못할 거 같았다. 장인 장모는 반 부모라는데 설현서는 그들에게 전화 한 번 하기가 왜 이렇게 힘든지 모르겠다.

장인의 목소리가 스마트폰 너머로 들렸다.

"설 서방, 전화 줘서 고맙네. 학교는 별일 없고?"

통화하기까지가 어렵지, 일단 통화가 되면 설현서는 장인과도 장모와도 스스럼이 없었다.

15.
하루 지난 어버이날

5월 9일 토요일

요양병원으로 향하는 설현서의 차에는 첫째 딸 연희가 없었다. 아내 김미영과 둘째 연재만이 설현서와 함께 있었다. 연희는 어제 엄마에게 친구네 집에서 자겠다는 문자 하나 달랑 남긴 채 집에 들어오지 않았다. 그 뒤 연희의 전화는 내내 불통이었다.

점심때쯤 연희의 스마트폰 전원이 꺼져버리자, 설현서는 김미영에게 추궁하듯 물었고 김미영 또한 감정이 격해지는 걸 참지 못했다.

"어떤 친구? 친구 전화번호는? 어제 연희하고 통화는 했어?"

"난 학원에서 10시 넘어까지 학생들 지도했어. 전화할 틈도 없었고 집에 오자마자 지쳐서 씻지도 못하고 잤어. 그래 연희하고 통화 못 했어. 당신 퇴근해서 연희한테 전화 한번, 문자 하나 한 적 있어? 금요일, 토요일에 친구네서 자고 오겠다는 게 이번이 처음이야? 아니잖아!

그때마다 다음 날 아침 일찍 집에 들어왔잖아!"

얼마 후 설현서와 김미영의 격했던 감정은 누그러졌지만 차 안의 공기는 아직 냉랭했다. 김미영은 조수석 창가 쪽만 바라봤고 연재는 뒷좌석에서 아빠와 엄마의 뒤통수를 번갈아 가며 째려봤다.

"애들이야? 유치해서 정말 못 봐주겠네!"

연재가 운전석과 조수석 사이로 손을 뻗어 라디오를 켰다. 시베리아 벌판 같은 차 안의 공기를 바꾸려는 의도였다. 연재는 블루투스 이어폰을 귀에 꽂고 눈을 감아 버렸다.

설현서의 아파트에서 요양병원까지 차로 30분 거리였다. 설현서는 그 시간이 족히 두 시간처럼 느껴졌다. 설현서의 가족이 병실에 들어서자 영락없이 간호사가 보호자에게 달라붙었고 아버지는 아들에게 손을 내밀었다. 설현서는 아버지의 손을 잡아주었다. 간호사가 말했다.

"어르신이 아드님을 많이 기다리셨어요. 오늘 아침엔 얼굴에 로션 발라달라는 거예요. 아들한테 좋은 모습 보여줘야 한다고. 안 그러면 아들이 걱정한다면서……."

"아버지, 식사는 잘하세요?"

"쟤는 누구냐?"

아버지는 연재를 알아보지 못했다.

"할아버지, 저 연재요. 호호."

연재는 카네이션 꽃바구니를 할아버지 머리맡 옆 간이 수납장 위에 놓았다.

"아버지, 연희는 공부하느라 바빠서 같이 오지 못했어요."

아버지는 아들의 말에 무신경했다. 연재를 바라보는 아버지의 눈빛이 또렷하지 않았다. 손녀를 바로 알아보지 못한 자신을 자책하는 건지, 아직도 손녀를 알아보지 못하는 건지, 아버지는 불안한 표정을 짓는 것이었다. 김미영은 아버님 아버님 하면서 약 잘 챙겨 들고 자주 오지 못해도 섭섭해 말라며 잔소리를 쏟아냈고, 연재는 기특하게도 할아버지 무릎을 주무르고 있었다.

"허……."

아버지가 긴 숨을 내뱉으며 고개를 돌려 설현서를 쳐다봤다.

"서야!"

아버지는 설현서의 어릴 적 애칭을 불렀다.

"학교에 별일 없어?"

어제 장인이 했던 말이었다. 부모의 마음은 한결같은지 설현서의 아버지도 장인과 같은 말을 했다.

"늘 똑같죠. 별일 없어요."

"예수님이 '사람을 낚는 어부가 돼라.' 말씀하셨어. 너야말로 그런 일을 하는 거다."

"네."

"학생 야단치지 말고 칭찬해 줘. 어떤 사람은 칭찬도 조심해야 한다는데, 그렇지 않아. 정말 조심해야 하는 건 야단치는 거야. 조심성 없고 진정성 없는 칭찬이면 어떠냐? 투박한 칭찬이면 어때? 그런 칭찬 한 번 받지 못하고 크는 아이들 많단다. 아이고 어른이고 칭찬 들으면 기분 좋은 거야. 그거면 됐지. 사람을 낚는 어부의 그물은 칭찬이어야 해."

"네, 알겠어요."

"서야, 학교에 별일 없지?"

"금방 물어보셨잖아요? 아버지, 학교는 늘 똑같아요. 별일 없어요."

설현서는 웃으며 대답했다. 아버지 눈빛이 조금 맑아졌고 아까보다 기력이 있어 보였다. 간혹 깜박할 때가 있지만 대체로 아버지의 말이 또렷하고 논리적이어서 설현서는 마음이 놓였다.

병원을 나올 때 설현서의 마음에 걸리는 게 있었다. '학교에 별일 없지?'라는 아버지의 물음이었다. 생각해 보니 한두 번 들은 것도 아니고 '밥은 먹었어?'처럼 특별하지 않은 안부의 말이었지만, 설현서는 그날따라 아버지한테 속마음을 들킨 거 같았다. 주차장으로 걸어가던 그는 끝내 가슴이 울컥했는데 '학교에 별일 없지?'라는 아버지의 물음이 또다시 생각났기 때문이다.

요양병원에서 쉼터공원까지 채 10분이 걸리지 않았다. 쉼터공원 주차장에 빈자리가 없었다. 명절 때처럼 사람들이 많았다. 그건 요양병원에서도 마찬가지였었다. 설현서는 이중 주차하고 봉안실로 올라갔다.

유지정 출생 1943.09.30.음 소천 1979.09.23.양

설현서는 어머니 봉안함 앞에서 아내, 연재와 함께 묵념했다. 그것 말고 딱히 할 수 있는 건 없었다. 묵념을 끝내고 눈을 뜨자 노래가 흘러나왔다. 연재 스마트폰에서였다.

"엄마야 누나야 강변 살자
뜰에는 반짝이는 금모래빛
뒷문 밖에는 갈잎의 노래
엄마야 누나야……"

"아빠, 할머니가 좋아했다는 노래. 아빠는 할머니 기억이 이 노래밖에 없다며?"
"연재야!"
설현서는 사람들의 시선을 의식했다. 연재에게 볼륨을 낮추라는 제스처를 했다. 할아버지 카네이션 꽃바구니를 준비한 것도, 할머니에

게 노래를 들려준 것도 연재였다. 설현서는 딸이 고마웠다.

"할아버지, 할머니 생각하는 마음은 연재가 아빠보다 낫다."

"그치?"

연재의 미소가 예뻤다.

주차장으로 돌아온 설현서가 차에 타자마자 김미영에게 물었다.

"연희한테 아직 연락 없어?"

"참 빨리도 물어본다. 좀 전에 문자 왔어. 친구네 있으니까 걱정하지 말라고. 내일 오겠대."

"당장 오라고 해야지!"

"또 폰을 꺼놓은 걸 나더러 어떡하라고?"

"또 시작이야? 할아버지, 할머니 뵙고 나서도 둘이 그러고 싶어? 집엔 안 갈 거야?"

천성이 괄괄한 연재가 쏘아붙였다.

"참, 어제 교감한테 전화 왔었어."

김미영이 말했다.

"연희 학교 교감?"

"아니, 당신네 학교."

"천 교감?"

"다음 주 월요일 아침에, 나 당신 학교 가서 교감 만나."

설현서는 송민성의 말이 생각나지 않을 수 없었다.

'교감이 아내를 학교로 불러서 아내한테 그랬대요. 나에 대한 학생과 학부모 항의 민원이 많다, 내가 집에서는 잘 지내는지 모르지만, 학교에서는 조울증 증세를 보인다. 그러니 무급 휴직을 생각해보라.'

"오지 마! 당신이 교감하고 할 얘기가 뭐가 있어? 오지 마!"

설현서의 목소리 톤이 올라갔다.

"간다고 그랬는데?"

"못 간다고 문자 보내!"

"당신은 아직도 사회생활 초보야. 내조라는 걸 해보려고 상품권도 준비했는데, 참."

"그딴 걸 뭐 하러? 김영란법도 몰라?"

"왜 성질이야? 안 받으면 내가 쓰면 되잖아! 이래서 교감이 말하지 말라고 그런 거네."

연재가 엄마의 스마트폰을 낚아챘다.

"야, 설연재! 예의 없이 도대체 뭐 하는 거니?"

"난 엄마, 아빠가 우리 학교 오는 거 질색이거든. 엄마 폰 비번 뭐야?"

"비번은 왜?"

"내가 천 교감인지 뭔지 하는 사람한테 문자 하게. 내가 아빠라면 엄마가 학교 오는 거 숨 막힐 거 같아."

"알았어, 알았어. 엄마가 문자 할게. 폰 줘! 그 아빠에 그 딸 아니릴까 봐."

연재는 엄마에게 스마트폰을 돌려줬고 김미영은 문자를 작성하기 시작했다.

-안녕하세요, 교감 선생님. 제가 오늘 자동차 접촉 사고가 나서 병원에 입원하게 됐어요. 다행히 심각하진 않아요. 월요일에 학교 못 가서 어떡하죠? 죄송해요.

"자, 됐지?"

김미영은 작성한 거짓 문자를 설현서와 연재의 얼굴에 들이댔다.

16.
첫째 딸과의 산책

부모를 뵙고 귀가한 설현서는 휑한 거실의 소파에 쓸쓸하게 앉아 있었다.

김미영은 오후 늦게 미술학원에 갔고 연재는 방 안에 틀어박혀 있었다. 첫째 연희도 집에 오면 자기 방에서 잘 나오지 않았다.

딸들이 자기만의 공간을 고집한 건 아이들이 중2를 거치면서부터였다. 설현서는 34평 아파트 하나의 공간이 네 명의 입주자가 거주하는 셰어하우스처럼 느껴졌다. 주방은 공용 공간이고 거기에 공용냉장고가 있는 셰어하우스. 설현서의 가족은 서로를 존중한답시고 애써 서로의 공간을 침해하지 않으려 했다.

설현서는 스마트폰을 만지작거렸다. 그러다가 자기 손에 스마트폰이 닿지 않길 바라기라도 하듯 스마트폰을 소파 끝으로 밀어버렸다. 연희와 연락이 닿지 않아 답답했던 것이다. 설현서는 단지 내 편의점에서 소주 한 병을 사 왔다. 소리 없이 유리컵에 소주를 가득 따르고 그것을 단숨에 마셨다. 그는 시간이 빨리 흐르길 바랐다.

"어서 내일 아침이 되어라."

설현서는 중얼거리며 소파에 스르르 쓰러졌다.

설현서가 눈을 떴을 때 두툼한 이불이 그의 몸에 덮이어 있었다. 간밤에 김미영의 손길이 있었을 것이다. 거실 창으로 보이는 하늘빛이 불그스름했다. 어제 발밑에 두었던 스마트폰이 바닥에 떨어져 있었다. 스마트폰은 방전됐다. 낡은 폰이라서 배터리가 오래가지 않는 거 같았다. 스마트폰을 충전기에 꽂았다.

연재 방은 닫혔고 김미영은 잠들어 있었다. 더없이 휑한 거실에는 여전히 설현서 혼자였다. 그때 문자 수신음이 울렸다.

-아빠, 나 도원공원에 있어.

연희의 문자였다. 도원공원은 설현서 아파트 단지 바로 앞에 있었다. 설현서는 연희에게 전화했다. 근데 망할 놈의 스마트폰이 먹통이었다. 설현서는 고양이 세수하고 손가락으로 머리를 대충 정리했다. 그는 엘리베이터를 타고 1층으로 내려갔다.

"천 주무관!"

집 앞에서 설현서는 천석일과 마주쳤다. 정확히는 지하 주차장으로 내려가는 입구였다. 거기서 설현서는 모자를 푹 눌러쓴 천석일과 두 눈이 마주친 것이다. 서로를 보고 둘 다 놀랐다. 그런데 천석일은 뒷걸음치더니 도망치듯 달아나는 게 아닌가.

"천 주무관!"

설현서가 다시 그를 불렀다. 그는 돌아보지 않았다. '지적장애가 있는 건 알고 있었지만, 대인기피증까지 있을 줄이야.' 설현서는 스치듯 생각했다. 설현서는 천석일이 어디 사는지 몰랐다. 분명한 건 그가 사는 곳이 설현서의 아파트는 아니라는 것이다. 천석일이 왜 여기에 그것도 이 이른 시간에 왔는지 이상스러웠지만, 설현서는 천석일에 대해 생각할 겨를이 없었다.

공원 벤치에 앉은 연희의 뒷모습이 보였다.

"아빠!"

연희가 인기척을 느끼고 뒤돌아봤다. 딸의 밝은 표정 때문에 이틀 동안 노심초사했던 아빠는 화를 내지 못했다. 설현서는 딸이 집에 들어오지 않았다는 것보다 이틀 동안 전혀 연락이 닿지 않았다는 사실 때문에 더 속이 탔다. 그러나 연희는 정말 아무 일도 없었던 것처럼 밝게 웃고 있었다.

"아빠, 잠은 잘 잤어?"

"그래."

설현서는 얼떨결에 대답했다.

연희가 걷자고 제안했다. 그것이 설현서는 왠지 빈가 있다.

"가방 줘라. 아빠가 맬게."

"괜찮아. 가벼워."

연희는 중학교 때 단짝 친구, 아람이네 집에 있었다고 했다. 전화 안 받고 스마트폰 꺼둔 잘못도 인정했다.

"연희, 고민 있니?"

"어, 있어."

연희는 주저 없이 대답했다.

"아빠, 나는 너무 맹목적으로 공부만 하는 거 같아. 솔직히 대학교 가서 뭘 공부하고 싶다, 이다음에 뭐가 되고 싶다, 그런 게 없어. 딱히 하고 싶은 게 없으니까 공부만 하는 거고. 대학교 안 가면 뭘 할까 싶어서 공부하는 거지. 아빠, 나 한심하지 않아?"

"아니. 신중해 보이는데! 주체적으로도 보이고."

"내가? 아빠 딸이라고 너무 좋게만 보는 거 아냐?"

"마음에서 우러나는 순수하고 주체적인 꿈을 꾸는 학생이 많지 않아. 피동적인 꿈을 꾸는 학생이 대다수지."

"아빠 말이 좀 어렵다. 헤헤."

"그러니? 연봉, 명문대, 합격 가능성, 사회적 지위, 졸업 후 취업 보장, 그런 게 학생들의 꿈과 진로 선택 기준이 되는 걸 아빠는 많이 봐 왔거든. 연희야, 열심히 공부해! 미래에 네가 꾸게 될 꿈을 위해서. 나이 서른이 넘어서 진짜 네 꿈을 찾을지도 몰라. 어쩌면 공부는 알 수 없는 미래의 꿈을 위해 준비하는 거야."

"서른? 알 수 없는 미래의 꿈? 어렵다. 아빠는 학교에서 별일 없어?"

"할아버지하고 똑같은 말을 하는구나."

"할아버지?"

"아냐. 아빠는 별일 없다."

"아빠, 아빠는 솔직하지 못한 거 같다. 내가 공부만 하는 것처럼, 아빠도 다른 선택지가 없어서 계속 선생님 하는 거 아냐? 아빠는 꿈이 작가라며? 재작년에 아빠가 쓴 책에 '노트북을 켜고 키보드에 손가락을 올려놓으면, 두려움이 앞선다. 억누를 길이 없다. 그럼에도 나는 작가가 되기로 했다.' 그렇게 쓰지 않았어? 난 아빠가 무엇을 하든 응원할 준비가 돼 있어. 우리 학교 진로 샘이, 우리가 앞으로는 직업을 평균 다섯 개 갖게 될 거래. 5년, 10년마다 직업을 바꿔야 한 대. 미래 사회가 그렇게 변한대."

연희가 가방에서 책 한 권을 꺼냈다.

"며칠 전에 교감 샘이 담임 통해서 날 부르더라. 네가 은성고 설현서 선생님 딸이냐고 묻길래, 그렇다고 했지. 우리 학교 교감 샘이 아빠 학교 교감 샘을 잘 아시는가 봐. 종종 연락하는 사이라는 둥, 시시콜콜 별 얘길 다하더라."

그러곤 연희는 설현서의 가슴팍에 책 한 권을 내밀었다.

'마음 다스리는 법-조울증의 원인과 치유'

설현서는 책을 받아들었다.

"아빠 읽어보라고? 연희가 샀니?"

"교감 샘이 아빠 걱정하면서 주신 거야. 교사는 나이 들수록 학생과 소통이 어려워진다며?"

"교감샘이 그러시든?"

"20년 이상 경력 교사가 학교 생활하기 힘든 세상이 됐대. 교사도 학생도 세대 차이를 크게 느낀대. 아빠도 그럴까?"

이때부터 연희의 목소리가 조금씩 떨렸다.

"교감 샘도, 교감이 되지 못했으면 일찍 퇴직하셨을 거래. 그리고 또 뭐라는 줄 알아? 사람들 많은 데서 갑자기 화내고, 또 갑자기 의기소침해서 말도 안 하고 다른 샘들하고 어울리지도 못하는, 그런 교사가 많다는 둥, 감정 기복이 심한 것도 정신 질환이라는 둥. ⋯⋯내가 그 말을 못 알아들었으면 좋겠는데 무슨 말인지 너무 잘 알겠는 걸 어떡해?"

목소리가 점점 격해지던 연희가 갑자기 주저앉아 왈칵 울음을 쏟아냈다. 전혀 예상치 못한 상황에 설현서는 당혹스러웠다. 어찌할 바를 몰라서 순간 바보처럼 멍하니 서 있을 뿐이었다. '우리 첫째 딸하고 단둘이 걸으면서 속 깊은 대화하게 돼 아빠는 참 고맙다.' 설현서는 그렇게 말하려던 참이었다. 설현서는 손으로 얼굴을 가리고 우는 연희의 등을 어루만졌다. 교감 앞에서 연희가 얼마나 당혹스러웠을까. 뒤늦게 설현서는 울컥했다. 그런데 연희는 자신의 등을 어루만지는 설현서의 팔을 걷어치우며 벌떡 일어섰다.

"아빠, 아빠가 우울증 환자야? 정말 다른 샘들하고 어울리지도 못해? 왕따야? 감정 기복이 그렇게 심해? 성인 ADHD야? 정신병자냐고?"

연희는 눈물을 펑펑 쏟아내면서 파르르 떨리는 입술로 폭풍처럼 말을 토해냈다. 설현서는 딸의 말을 자르지 못했다. 연희는 다시 주저앉아 버렸다. 눈물을 닦아내는 연희에게 어디서부터 어디까지 뭐라 설명해야 할지 설현서는 알 길이 없었다. 설현서는 연희를 일으켜 세우고 안아주었다.

"연희야, 네가 더 잘 알잖아? 아빠 전혀 그런 사람 아닌 거. 아빠는 평범한 교사일 뿐이야. 훌륭한 교사 멋진 아빠가 되고 싶지만, 정말 평범한 교사 평범한 아빠밖에 못돼."

연희도 아빠를 꼭 안았다. 연희 마음이 진정되는 거 같았다.

집으로 걸어가는 동안 설현서는 연희의 손을 꼭 잡았고 그 손을 놓지 않았다. 집 앞에 왔을 때 쓰레기 분리 배출하는 몇몇 주민의 모습이 부녀의 눈에 들어왔다. 설현서는 골판지 상자와 폐지가 쌓인 곳으로 걸어갔다.

설현서는 손에 든 책을 폐지 쌓인 곳에 던져버렸고 연희는 그런 아빠를 뒤에서 지켜봤다.

17.
명예퇴직, 또 다른 인연

5월 11일 월요일

　어젯밤 명예퇴직을 선언한 가장에 대한 즉각적인 가족의 반응은 이러했다.

　"책임감 없는 50대 소년이야?"

　"교사 관두면 앞으로 뭐 할 건데?"

　김미영과 연재는 싸늘한 목소리로 설현서를 몰아붙였고, 연희는 그동안 수고 많았으니까 좀 쉬면서 아빠 하고 싶은 거 천천히 찾아보라고 했다. 김미영과 연재도 자기 인생은 자기가 사는 거라며 결국 동의하긴 했다.

　설현서는 출근 직후 교육청 메신저로 천방지에게 퇴직 의사를 밝혔다. 천방지와 대면하고 싶지 않았기 때문이다. 천방지는 어이없게도 단 한 글자의 답변을 보내왔다.

-굿!

교무부장은 설현서에게 명예퇴직 서류를 가져다줬다. 천방지의 빠른 지시가 있었을 것이다.

"설 샘, 충분히 생각하고 결정하셨겠지만 아쉽네요. 여기하고 여기, 여기…… 도장 찍고 서명해 주시면 됩니다. 나머지는 제가 알아서 하겠습니다."

퇴직 신청이 일사천리로 진행되는 게 설현서는 서운한 감이 들었다.

설현서는 퇴직 서류를 들고 교무부장 자리로 갔다. 교무부장은 자리에 없었다. 서류를 교무부장 책상 위에 놓고 돌아서는데 등 뒤에서 바스락 소리가 났다. 열린 창문으로 불어온 바람에 설현서의 퇴직 서류가 바닥에 떨어진 것이다. 설현서는 서류를 주워서 다시 책상 위에 놓고 바람에 날리지 않도록 서류 위에 책 한 권을 올려놓았다. 돌아서서 걸어가는 한 걸음은 가볍고 또 한 걸음은 무거웠다.

7월 초 명예퇴직이 확정되었다는 교육청 연락이 왔다.

퇴직 여부가 확정되기 전에는 무엇이든 일이 손에 잡히지 않았다. 이제야 설현서는 한동안 묵혀두었던 '매직 in 카페' 원고 파일을 열 수 있었다. 6주 동안 묵혔다가 초고를 검토하라는 스티븐 킹의 조언보다 한 달 더 묵힌 것이었다. 초고를 완성하는 순간 웬만한 유명 소설가도 울고 갈만한 대작을 써냈다는 망상에 빠졌던 기억도 났다. 그러나 설현서는 오랜만에 연 원고 파일을 얼마 읽지 못하고 이내 닫아 버려야 했다. 출력한 원고였다면 당장 쓰레기통에 던져버렸을 것이다.

글의 표현은 어색했고 불필요한 수식어와 의미 없는 문장이 수두룩했다. 특히 인물 행동의 동기가 모호했다. 이를테면 '종업원 토니는 카페 주인 미셸의 금고에서 비밀 레시피 한 장을 훔친다. 그런데 왜? 금고 비밀번호는 또 어떻게 알았을까? 토니는 비밀번호를 알 수도 없고 갑자기 레시피를 훔칠 이유도 없는데……' 원고는 온갖 차량이 통과하는 터널만 한 구멍들이 숭숭 나 있었다. 그러나 설현서는 원고를 틈틈이 수술대 위에 올려놓을 작정이다. '매직 in 카페'에 생명을 불어넣고 싶은 욕망을 설현서는 포기할 수 없었다.

여름방학 2주 전부터 설현서는 무슨 의식이라도 치르듯 무더위에도 불구하고 정장을 입고 출근했다. 2주가 지나면 다시는 학생들 앞에 설 수 없는 그였다. 그는 학생들에게 가장 좋은 모습을 보여주고 싶었다.

"요즘 멋있으세요."

"저녁에 중요한 약속 있으신가 봐요?"

고영민을 비롯한 동료 교사들이 설현서에게 던지는 덕담이었다.

"샘, 수트핏 쩔어요!"

학생들 반응도 나쁘지 않았다.

수업 시간에는 학생 한 명 한 명을 주인공으로 만들어 주려고 노력했다. 그러기 위해 설현서가 생각해 낸 것이 아버지의 조언, 칭찬이었다. 예전 같았으면 짤막하게 '괜찮다, 잘했다' 하고 말 것을 다르게 표현해 주었다.

"예린아, 너 이름 누가 지어주셨니? 이름이 진짜 예쁘다."

"넌 영어 발음이 무척 세련됐어."

"생각이 독특해. 어떻게 그런 생각을 했니?"

이외에도 머리 스타일이 멋지다, 목소리가 맑다, 네 작문 실력이면 내년에는 영어로 소설 쓸 수 있겠다 등등의 말을 해주었다. 그렇게 지내다 보니 설현서의 마지막 여름방학이 정말 코앞이었다.

올여름이 유난히 무더웠다는데 설현서는 별로 더위를 느끼지 못한 거 같았다. 일에 대한 의지를 잃고 기운이 꺾이는 게 좌절이라면, 설현서는 좌절을 한바탕 격렬히 겪은 것이다.

설현서는 여름방학 동안 재취업을 준비했다. 사람인, 잡아바, 워크넷 등 각종 취업사이트에 가입했고 가입한 사이트에 자기소개서, 경력 기술서와 자격증 사본 등을 업로드하고 수시로 내용을 수정 보완했다. 설현서는 당장 9월부터 새로운 직장에 다닐 계획이었다. 분명한 김미영의 가계 지출 선 긋기가 있었기 때문이다. 김미영은 생활비와 두 딸의 교육비 등은 당분간 자신이 감당하겠지만, 아버지 요양병원 비용은 설현서의 몫이어야 한다고 일찌감치 말했었다. 김미영의 생활비와 자녀 교육비 부담도 '당분간'이란 조건을 붙였다.

설현서는 어느 회사에 지원하든 그 회사에서 바로 연락이 올 줄 알았다. 착각이었다.

'이 회사는 집에서 거리가 먼데, 합격하면 어떡하지?'

떡 줄 사람은 꿈도 안 꾸는데 어처구니없게도 심하게 김칫국부터 마셨다. 지원 기업의 수가 5개에서 10개, 그리고 30개로 순식간에 늘어났다. 그만큼 설현서의 초조함도 커갔다. 몇 군데 기업과 문화재단 1차 서류심사 통과 후, 난생처음 인성 검사, NSC 직업 기초 능력평가 필기시험도 치렀고 면접시험도 봤다. 결과는 모두 불합격. 쉰하나, 나이 때문일까? 아무튼 설현서는 자신의 21년 교육경력과 어학 능력이 타 지원자와 비교하여 우위에 있지 않음을 깨달았다.

희한한 일도 있었다. 그것을 엉뚱한 면접관의 오지랖이라 해야 할지, 고마워해야 할지는 모르겠다. 클린그룹 교육 및 조직문화 담당자 채용 면접 결과, 불합격했다는 메일을 받은 직후였다. 설현서는 회사로부터 또 다른 메일을 받은 것이다. 자신을 면접관이라고 밝힌 회사 관계자의 메일. 그는 이렇게 말했다.

'아무래도 면접이 상대평가이다 보니 전체적으로 봤을 때 설현서님보다 다른 분이 조금 비교우위를 가졌던 것뿐이지, 설현서님이 절대 못 하시거나 이상하셨던 것은 아닙니다. 오히려 내부 평가에서 설현서님을 뽑자고 말씀하신 분도 있었고요…….'

2, 30대 지원자들 사이에 50대 지원자라니. 대기업에 지원한 50대 지원자가 얼마나 안쓰러웠으면 추가 메일을 보냈을까. 설현서의 재취업 도전은 좌절 진행형이었다.

8월 29일은 설현서의 은성고등학교 마지막 출근일이자 교직 생활의 마침표를 찍는 날이었다.

퇴직 인사말을 하라는 교무부장과 천방지의 요청이 있었다. '그동안 감사했습니다. 선생님들의 건강과 행복을 기원합니다.' 설현서는 그런 평범한 말로 교직을 마무리하고 싶지는 않았다. 비록 거창한 퇴임식이 아닌 동료 교사 앞에서 간단히 인사하는 것에 불과했지만 설현서는 무슨 말을 할지 고민했다.

8월 29일 금요일 오후 4시 10분, 은성고 교사들이 1층 교무실에 모였다. 마침내 설현서가 마이크를 잡았다.

"우리 사회에, 나이에 따른 차별과 선입견이 존재하는 거 같습니다. 학교도 예외는 아니라고 생각합니다. 예를 들어, 나이 쉰 넘은 교사는 학생과 소통이 부재하고 교수법도 올드해서 학생이 꺼린다는 선입견, 그로 인한 교사에 대한 차별 말입니다. 후배 교사는 과거의 나였고 선배 교사는 미래의 나일 것입니다. 차별과 선입견이 단지 나이 때문이라면, 그건 스스로에 대한 차별이고 선입견이 되고 맙니다. 저는 우리 선생님들이 서로를 존중하고 서로에게 예의를 지키는 분들이라고 생각합니다. 우리가 어린 학생을 가르치는 교사이기 때문에 더욱 서로에게 존중과 예의를 표해야 합니다. 교사는 학생을 존중하고 학생은 교사에게 예의를 갖추도록 하는 것도 우리의 사명 아니겠습니까. 어느 조직이든 그 안에 질서가 있다고 생각합니다. 질서는 굉장히 자연스러운 것이고 구성원을 편안하게 해줍니다. 그래서 질서 있는 조직에서는 즐겁게 일할 수 있는 것 같습니다. 그런데 저는 지난 1, 2년간 우리 학교에서 어색한 경험을 했습니다. 질서를 유지하고 질서를 창출하기 위해 구성원에게 간섭하는 것이 아니라 무질서를 일으키는 간섭을 봤습니다. 누군가의 불필요한 간섭으로 무질서가 만들어진 겁니다."

설현서는 마지막 말을 하면서 천방지를 쳐다봤다. 천방지와 두 눈이 마주쳤다. 설현서는 즉흥적으로 천방지에게 말을 건넸다.

"천방지 교감 선생님, 안 그렇습니까?"

설현서의 목소리는 여유로웠으나 그를 바라보는 천방지 얼굴엔 당혹감이 역력했다. 천방지는 파르르 입술을 떨 뿐 아무 말도 하지 않았다.

설현서의 퇴직 인사가 끝났을 때 그에 대한 교사들의 반응과 분위기는 다양했다. 평범하지 않은 설현서의 퇴직 인사말 때문일 테다. 스마트폰을 보는 교사, 고개를 끄덕이는 교사, 아쉬움 가득한 표정을 짓는 교사, 설현서와 천방지 사이의 긴장감을 눈치채고 군데군데 술렁이는 교사들. 설현서가 말한 누군가의 불필요한 간섭, 무질서의 의미를 모를 리 없는 천방지의 얼굴은 붉으락푸르락했다.

설현서는 옆에 있던 몇몇 교사와 악수를 나눴다. 천방지에게도 손을 내밀었다. 그러나 천방지는 설현서의 손을 거들떠보지도 않고 교무실을 나가버렸다. 설현서는 그 순간 무슨 이유 때문인지 몹시 통쾌한 기분이 드는 것이었다.

설현서는 복도로 나갔고 교사들이 그를 따라 나왔다. 복도에서 손을 흔들거나 고개 숙여 인사하는 동료 교사를 뒤로한 채 설현서는 주차장으로 향했다. 주차장에서 바라본 텅 빈 운동장이 유난히 허전해 보였다. 텅 빈 학교 운동장과 텅 빈 교실은 언제나 학생들로 다시 채워졌었다. 설현서는 더 이상 자신의 마음을 학생들로 채울 수 없다는 생각이 들었다.

운동장 가장자리에서 플라타너스 가지치기 작업하는 행정실 직원의 모습이 보였다. 사다리를 타고 올라간 직원의 전기톱에 제법 굵은 나뭇가지가 싹둑 잘려 바닥에 쿵 하고 떨어졌다.

은성고 교정을 벗어나 집으로 가는 차 안에서 설현서는 후련하기보다 아쉬움이 컸고 생각과 감정이 복잡했다. 그는 무심코 라디오를 켰다.

"오늘의 말말말! 돈은 믿되 사람은 믿지 마라. 우리 청취자님들 이

말 들으시면 씁쓸하실 거 같아요. 씁쓸한 마음 어루만져 줄 노래 나 갑니다.”

라디오 MC의 말에 이어서 노래가 흘러나왔다. 육중완 밴드의 ‘퇴근하겠습니다.’ ‘타이밍 참 기막히다.’ 설현서는 회한이 밀려왔다. 이내 가슴이 먹먹하더니 남사스럽게 눈물이 흘렀다.

설현서가 한 퇴직 교사의 전화를 받은 건 바로 8월 29일 저녁이었다.

“설 부장, 나 박신용입니다. 소식 들었어요. 명퇴가 너무 이른 거 아네요?”

작년 김동화 장례식장에서 만났던 선배 교사 박신용이었다.

박신용도 영어 교사였다. 그는 퇴직 후 국내 대형 어린이 어학원 중 하나인 리틀캣에서 원어민 강사 관리업무를 하다가 올해 초 그만두었다고 했다. 그가 어학원에서 일한다는 사실은 설현서도 익히 알고 있었다. 김동화 장례식장에서 그의 근황을 들었던 것으로 설현서는 기억했다. 박신용은 자신이 직접 학원을 개원했다는 말과 더불어 설현서에게 언제든 꼭 한번 학원에 놀러 오라며 신신당부했다. 이후 그의 전화와 문자가 서너 차례 더 이어졌다.

며칠 후 박신용은 설현서와 세 번째 통화에서 동업하자는 이야기를 꺼냈다. 정말이지 느닷없는 제안이었음에도 설현서는 그 제안이 ‘당신의 합격을 진심으로 축하드립니다!’라고 들리는 것이었다. 물론 즉답을 피했지만, 이른 시일 내에 학원을 방문해달라는 그의 부탁이 있었고 설현서는 그것을 긍정적으로 받아들였다.

박신용의 학원은 경기 서부 무포 신도시에 있었다. 팍스프랜즈 잉글리시. 설현서는 학원 이름이 마음에 들었다. 결국 설현서가 무포 신도시에 가기로 한 하루 전날, 박신용의 이미지 문자가 여러 개 왔다. 학원 전경, 사업자 등록증(교육서비스업), 학원 강의 스케줄, 학원 홍보 포스터 사진 등.

설현서는 박신용의 학원에서 일하는 것에 대해 김미영과 먼저 상의했다. 아내가 걱정할까 봐 동업이란 말은 숨겼다. 김미영은 송충이는 솔잎을 먹어야 한다면서 설현서가 잘할 수 있는 일을 하길 바랐다. 설현서는 두 딸과도 이야기했다. 연희와 연재의 의견도 아내와 다르지 않았다.

18.
인간에 대한 실망

9월 3일 오전 10시

설현서는 무포 신도시 팍스프랜즈 잉글리시 학원 앞에서 박신용을 만났다. 학원은 4층 401호. 박신용은 설현서를 만나자마자 그에게 학원 확장을 위해 402호와 403호의 임차 필요성을 언급했다. 원생 수가 개원 3개월 만에 120명으로 급증했기 때문이다. 현재의 추세라면 앞으로 한두 달 안에 원생 수 2, 300명 되는 건 일도 아니라는 게 박신용의 전망이었다.

팍스프랜즈 학원 수업은 오전 11시부터 오후 7시까지였고 대상은 초등생 이하 어린이와 성인이었다. 중고생 대상이었다면 수업은 밤 10시, 11시까지 있었을 것이다. 설현서는 박신용의 배려로 오전 11시 성인 수업을 참관했다. 그 시간에 주부 대상 수업이 한 클래스, 스튜어디스 그룹 레슨이 한 클래스 있었다. 설현서는 두 명의 여성 원어민 강사와도 인사를 나눴다.

박신용은 점심 먹을 겸 학원 인근도 소개할 겸 설현서를 시내로 안내했다. 그는 무포 골드라인이라 불리는 곳을 소개했다. 아트빌리지, 포세치아 인공수로, 무포 한강 호수공원, 무료 골프 연습장 등을 설현서에게 보여주었다.

"설 부장, 아예 여기로 이사 오는 것도 생각해 보세요. 예전에 송민성한테 듣기로는 사모님이 미술학원 하신다고 했던 거 같은데 미술학원도 여기서 하는 게 백배 낫죠."

설현서는 박신용의 말에 솔깃했다. 설현서는 가족 모두를 위해, 특히 본인을 위해 한 번쯤 환경 변화가 필요하다는 생각이 들었다.

"설 부장, 말 꺼내기 껄끄러워도 금전 문제는 분명히 하는 게 좋아요."

"저도 그렇게 생각합니다."

"실은 내가 학원 개원하느라 여윳돈이 없어요. 그래서 학원 확장으로 인한 추가 보증금은 설 부장이 도와줬으면 좋겠는데……."

"얼마나요?"

"주인이 4천 얘기하더라고. 근데 그게 사실 좀 급해요. 왜냐면 옆에 402호, 403호 이달 안에 임차하지 않으면 거기 10월에 수학학원이 들어올 거 같아서요."

"9월 안에 계약해야겠네요? 4천만 원 그 정도야, 뭐 할 수 있죠."

"보증금이니까 후에 찾는 것이고 아마 1년 안에 보증금은 거의 뺄수 있지 않겠어요? 급여는 월 5백부터 시작하는 거 어때요? 나도 지금 급여는 5백 가져가고 있거든요. 직접 학원 운영해 보니까 여기저기 지출이 많아요."

"그럼, 제 역할은 뭘까요?"

"제가 하는 원어민 강사 관리업무하고 하루 두 타임 수업해 주면 좋겠어요."

집으로 돌아오면서 설현서는 무포에 원룸이나 오피스텔부터 알아봐야겠다, 생각했다. 은성에서 무포까지 차로 2시간 30분 걸리는 거리를 매일 출퇴근할 수는 없는 노릇이었다.

다음 날 설현서는 별거에 대한 김미영의 의향을 물어보았다.

"여보, 박 선생 학원에서 일하게 되면, 무포에 오피스텔 얻어서 지내야 할 것 같은데."

"나쁘지 않은데! 난 주말부부가 나쁘지 않다고 봐. 우리 나이에 맨날 같이 있어 봐야 좋을 거 없잖아?"

김미영의 말을 설현서가 전혀 예상치 못한 것은 아니었지만 1초의 망설임도 없이 말하는 그녀의 모습이 여간 쓸쓸한 게 아니었다.

설현서는 노트북 앞에 앉았다. 노트북을 켜면 이메일을 여는 게 최근 그의 습관이었다. 지원한 어느 기업에서도 연락은 없었다. 스마트폰을 확인했다. 역시 그가 기다리는 문자는 없었다. 광고 문자 서너 개가 있을 뿐이었다. 까닭 모를 좌절감이 밀려왔다.

일주일 후 설현서 통장에 명예퇴직수당이 입금됐다. 교사 명예퇴직수당은 호봉과 퇴직 시점부터 정년까지의 잔여기간에 따라 금액 차이가 있었다. 설현서는 자신의 2년 치 연봉과 맞먹는 수당이 입금된 통장을 확인했다. 쇠뿔도 단김에 빼랬다고 설현서는 박신용에게 보증금을 입금하기로 했다. 그에게 전화했다.

"박 선생님, 통장 계좌번호 문자로 보내주시겠어요?"

"결심하셨군요. 잘하셨습니다. 설 부장하고 같이 일하게 돼 너무 기쁘고 든든합니다."

'이근희(팍스프랜즈 잉글리시)' 박신용이 보내온 계좌번호는 그의 명의가 아니었다. 박신용에게 다시 전화했다.

"박 선생님, 문자 받았는데요. 선생님 명의가 아니어서요."

"말씀드린다는 걸 깜박했네요. 아내 통장이에요. 보시면 아내 이름 옆에 '팍스프랜즈 잉글리시' 학원명이 있어요. 학원 통장으로 쓰는 거니까 거기로 보내주시면 됩니다."

"아, 네. 그리고요 혹시 거기 원룸이나 오피스텔 좀 알아봐 주실 수 있을까요? 당분간은 무포에서 저 혼자 지내야 할 거 같아서요."

"그렇지 않아도 제가 알아봤습니다. 바로 문자 보낼게요."

-월세 300/32 원룸 풀옵션 분리형 원룸, 월세 500/45 원룸 역세권, 월세 300/42 오피스텔 빠른 입주 가능

설현서는 폰뱅킹 서비스로 4천만 원을 입금하려 했다. 하지만 그의 1일 최대 이체 금액 1천만 원을 초과하여 이체가 불가했다. 바로 은행을 방문했다.

설현서는 박신용에게 문자를 보냈다.

-박 선생님, 보증금 입금했어요. 확인 부탁드려요. 그리고 저한테 동업 제의해 주서서 감사합니다.

-네, 잠시만요.

-확인했습니다.

박신용의 문자가 연이어 왔다.

설현서는 또 다른 문자를 보냈고 곧바로 박신용의 답이 왔다.

-원룸이나 오피스텔은 좀 더 살펴보고 이번 주 안에 문자 드릴게요.

-계약금 보내주면 내가 설 부장 목도장 하나 파서 계약할게요. 설 부장 주민등록번호 문자로 보내시고요. 학원 앞에 내가 잘 아는 공인중개사가 있어요. 나중에 입주 원하는 원룸 주소만 보내주세요.

9월 11일 토요일 저녁

설현서는 박신용에게 두 개의 문자를 보냈다.

-무포시 신내로 50번길 10-4, 403호. 월세 300/42 오피스텔로 계약 부탁드립니다. 계약금 30만 원 바로 보내드릴게요.
-잔금은 제가 직접 공인중개사 사무실에 가서 처리하겠습니다.

설현서는 이어서 주민등록증 사진을 문자로 전송했다. 박신용의 답은 없었다. 설현서는 폰뱅킹으로 계약금을 박신용에게 이체하려고 했다. 그런데 이상한 메시지가 뜨는 것이었다.

죄송합니다 고객께서 요청하신 계좌는
해당 서비스가 불가한 계좌이거나 잘못된 계좌번호이오니
확인 후 다시 이용하시기 바랍니다

이근희(팍스잉글리시), 명의자와 계좌번호는 틀리지 않았다. 설현서는 최근 이체 내역을 확인하고 다시 계좌이체를 시도했다. 역시 이상한 메시지가 떴다. 박신용에게 전화했다.

"지금 거신 전화는 없는 번호입니다. 확인하신 후 다시 걸어 주시기 바랍니다."

설현서는 손이 떨리고 가슴이 방망이질하기 시작했다. 박신용에게
또다시 전화했고 문자도 여러 개 남겼다. 돌아오는 연락은 없었다. 설
현서는 초조했다. 마음이 진정되지 않았다. 송민성이 생각났다. 송민
성에게 박신용의 연락처를 확인할 필요가 있었다.

설현서는 송민성에게 전화했다.

"이게 누굽니까? 설 부장님, 내가 부장님 퇴직을 말리지 못했습니
다. 별일 없으시죠?"

"퇴직한 건 어떻게 아셨어요?"

"발 없는 말이 천 리 가는 법입니다. 요즘 어떻게 지내세요?"

"죄송한데 박 선생님 있잖아요? 박신용 선생님 연락되세요?"

"연락이야 되겠죠? 근데 제가 퇴직하고서는 박 선생하고 한 번도 연
락을 안 했는데."

"박 선생님 연락처 가지고 계시면 문자로 보내주시겠어요?"

"그러죠, 뭐."

설현서는 자신의 퉁명스러운 말을 송민성이 어떻게 생각할지 염려
할 계제가 아니었다. 송민성이 보내준 박신용의 전화번호는 설현서가
가진 번호와 동일했다. 그는 가슴이 두방망이질하였고 정신이 혼미해
졌다.

'엎질러진 물이다. 수습해야 한다. 정신 차리자.'설현서는 마음을 진

정시키며 차를 몰고 무포 시로 향했다. 내비게이션 도착시간은 8시 50분이었다. 운전대를 부여잡은 설현서는 시야가 좁아지는 느낌이 들었다. '안전 운전해야 한다.' 감정을 컨트롤했다. 그러나 후회가 밀려왔다. 특정 단어들과 자신이 했던 말이 빨간 줄이 쳐져서 눈앞에 대문짝만하게 보였다.

'동업, 4천만 원, 이근희(팍스프랜즈 잉글리시), 보증금 이체, 오피스텔 좀 알아봐 주실 수 있을까요? 저한테 동업 제의해 주셔서 감사합니다.'

설현서는 시야가 더 좁아졌다.

"씨발! 바보!"

차 안에서 소리 질렀다. 설현서가 학원 앞에 도착한 시간은 8시 20분. 저도 모르게 과속했을 것이다. 엘리베이터 4층 버튼을 눌렀다. 인부 두 명이 같이 탔다. 그들도 4층에서 내렸다.

그곳에 팍스프랜즈 잉글리시는 없었다. 401호와 402호는 내부 인테리어 공사 중이었다. 설현서는 엘리베이터에 함께 탔던 인부 중 한 명에게 다가갔다.

"혹시, 여기 사장님 계신 가요?"

"네, 저기, 저분이요."

인부가 가리킨 남자는 천정까지 닿는 책꽂이 앞에 서 있었다.

"실례합니다."

"네, 무슨 일이죠?"

"박신용 원장님 아시나요? 지난주까지 일주일 전에도 여기서 영어 학원 운영했거든요. 팍스프랜즈 잉글리시요."

"서울 어디로 이전 개원하는 거로 아는데요."

집으로 돌아오는 차 안에서 설현서는 라디오를 켰다. 동업, 학원, 박신용 말고 다른 생각을 해야 했다. 생각을 환기하는데 라디오에서 흘러나오는 노래와 진행자의 수다가 도움이 되려나. 문득 설현서는 어느 라디오 MC의 말이 떠올랐다.

'돈은 믿되 사람은 믿지 마라.'

설현서는 자정이 돼서야 집에 도착했다. 김미영은 자고 있었고 두 딸의 방문은 굳게 닫혔다. 스마트폰을 꺼냈다. 혹시 박신용이 문자를 남겼을지 모르는 일이었다. 그의 문자는커녕 아내와 두 딸의 문자, 부재중 전화도 없었다. 딱 하나, 진의 문자가 있었다.

-선배, 나빠요. 어떻게 전혀 연락이 없죠? ……무소식이 희소식이라 믿고 있을게요.

설현서는 진의 문자에 답하지 않았다. 그는 인터넷을 검색했다. 그가 검색창에 입력한 말은 금융사기, 동업 피해 사례!

설현서는 현관 밖 비상계단으로 나가서 112에 전화했다. 112 상황실 근무자에게 자신의 피해 내용을 설명했다. 상황실 근무자는 경찰서 1층에 수사 민원 상담센터가 있는데 거기서 상담받을 것을 권했다.

다음날 설현서는 은성 경찰서 수사 민원 상담센터를 방문했다. 센터에는 경찰관과 상담변호사가 함께 근무하고 있었다. 설현서는 경찰관 앞에서 방문 이유를 설명했다. 박신용과 주고받은 문자도 경찰관에게 보여주었다.

"선생님, 전화가 오네요."

경찰관은 설현서에게 스마트폰을 다시 넘겼다. 스마트폰 화면에 뜬 발신 번호는 설현서 폰에 저장된 것이 아니었다.

"여보세요."

"설 부장님, 미안합니다. 죽을죄를 지었어요."

박신용의 목소리였다.

"박신용 선생님……, 저 지금 경찰서에요."

'당신 지금 어디야? 어디 있어? 어떻게 나한테 동업이니 같이 일하게 돼 기쁘다느니, 든든하다느니, 그딴 소릴 할 수 있어?'

설현서는 자신이 그렇게 박신용을 몰아붙이고 거기에 더해 육두문자를 퍼부을 줄 알았다. 드라마의 한 장면처럼 말이다. 그런데 입을 열고 싶지 않았다. 그는 바람 빠진 튜브처럼 기운이 빠졌다. 사람에 대한 실망과 그로 인한 충격이 생각보다 훨씬 컸음을 설현서는 자각했다. 그는 길게 한숨을 토해냈다.

"설 부장님, 근데 제 말 좀 들어보세요."

"……."

설현서는 아무 말도 하지 않았다. 박신용의 말을 요약하자면 이러했다. 첫째, 사정이 있었다. 둘째, 올해 말 그러니까 12월 말일까지 4천만 원 반드시 갚겠다. 셋째, 차용증을 쓰겠다. 끝으로 경찰관과 통화하게 해달라.

박신용의 구차한 변명은 설현서 입장에서 납득할 만한 것이 아니었고 귀에 들어오지도 않았다. 그의 귀에 들리는 건 12월 말일까지 4천만 원 반드시 갚겠다는 말뿐이었다. 설현서는 스마트폰을 경찰관에게 건넸다.

"여보세요. 은성 경찰선데요. 네. 네. 네, 잘 알겠고요. 선생님, 선생님 같은 경우 10년 징역형까지 선고될 수 있어요. 선생님, 이 전화 선생님 것인가요? 아드님이요. 아드님 성함하고 선생님 주민등록번호 좀 말씀해 주시겠어요? 그럼 나중에 여기 설 선생님하고 다시 통화하시고요."

경찰관은 스마트폰을 설현서에게 돌려주었다.

"선생님, 뭐라고 말씀드려야 할지……, 상담 중에 혐의자와 통화하는 일은 처음이라서……. 박 선생이란 분이 문제 해결 의지가 강한데요? 차용증도 쓰러 오겠다네요. 진정서 작성하시겠습니까? 수사팀 안

내해 드릴까요? 아, 방금 전화번호는 박신용 씨 아들이랍니다. 여기."

경찰관이 건넨 포스트잇에 박신용의 아들 이름과 전화번호가 적혀 있었다. 설현서는 포스트잇을 보며 혼잣말했다.

"박믿음? 박믿음, 박신용, 이름 참 기막히다."

"네?"

경찰관이 물었다.

"아, 아닙니다."

설현서는 그냥 경찰서를 나왔다. 박신용의 혐의와 자신의 피해에 대한 진정서를 작성하지 않은 것이다. 박신용을 믿기로 했다. 믿지 않으면 어떻게 할까. 신고, 고소, 변호사 상담, 내용증명 발송, 가압류 신청, 그런 걸 해야 할까. 솔직히 설현서는 그러고 싶지 않았다. 세상 물정 모르고 순진하기 짝이 없는 자신이 싫은 만큼 가족에게 이 사실이 알려지는 것도 싫었다.

설현서가 박신용을 다시 만난 건 그날 저녁 6시. 설현서의 집 앞 카페에서였다. 설현서를 찾아온 박신용은 미리 준비해 온 차용증과 인감증명서를 꺼냈다. 작성한 차용증은 설현서와 박신용이 한 장씩 가졌고 박신용은 신용장 내밀듯 자기 인감증명서를 설현서에게 주었다.

"알아보니까, 변호사 사무실에 가서 공증받아야 한다는데……."

설현서가 기운 없이 말했다.

"지금은 시간이 늦은 거 같지 않아요? 다음에 제가 설 샘이 원하는 거 다 해주리다."

'다음에'라는 말이 마음에 걸렸지만, 설현서는 차후에 공증받기로 하고 12월 말까지 딱 3개월 동안 박신용을 믿기로 했다.

19.
행복의 조건

두 딸의 등교와 아내의 이른 외출 후, 믹스커피를 손에 든 설현서는 거실 소파에 몸뚱어리를 묻고는 잠시 생각에 젖어 들었다.

사람이 산다는 것이 무엇인지 외로움이 무엇인지 고민할 필요가 없었던 지난날들……. 그저 시간이 되면 출근하고 할 일을 하고 또 시간이 되면 퇴근하는 반복되는 일상이란 것이, 해답 없는 시커먼 암벽과 마주할 위험에서 우리를 구해주고 보살펴 주었던 걸까? 변화를 거부하고 안주했다면, 퇴직을 거부하고 무딘 돌덩이처럼 버티고 앉아 있었더라면 평안하고 행복했을까?

설현서는 퇴직 후 괴롭고 외로운 하지만 새로운 일상을 맞이하고 있었다. 다시 꺼내든 '매직 in 카페' 초고는 그의 심장을 후벼 파는 쓰레기였고, 재취업은 가망이 없는 상태. 미래의 희망이었을 그의 글쓰기와 재취업은 절망으로 가는 일방통행이었다. 그리고 인간에 대한 실망. 그러한 변화에 매몰되지 않으려는 설현서였다.

미지근해진 싸구려 믹스커피의 향을 맡으며 시계를 보니 곧 산에 갈 시간이었다. 아파트 뒤에 개화산이란 낮은 산이 있었다. 설현서는 매일 그 산을 올랐다. 정상까지 30분 거리였다. 살아있기에, 되는 거 하나 없는 삶이어도 버릴 수 없는 인생. 설현서는 소파에서 몸뚱어리를 일으켰다. 움직여야 할 시간이다.

산행과 더불어 설현서는 사이버 동호회 활동도 시작했다. 동호회의 동료가 생긴 것은 불과 열흘이 되지 않았다. 박신용에게 빌어먹을 사기를 당한 직후였으니까. 설현서는 그들 모두를 개화산 정상에서 만났다. 퇴직하고 할 일 없는 몸뚱이들이었다.

다행인 것은 산행과 동호회 덕분에 취업의 희망이 보인다는 것이었다. 곧 만나게 될 동료의 조언 덕분이었다. 조금 있으면 그가 여기 도원공원으로 올 것이다. 그를 기다리면서 설현서는 스마트폰 수신 문자를 읽었다. 한두 달 전 문자였고 이미 여러 차례 읽은 것들이었다.

-예린: 갑자기 학교 떠나시면 우리 문창동아리는 어떡해요? 샘 말대로 문집 원고는 창의혁신 부장 샘 드렸어요. 수능 끝나면 혜자, 현주랑 선생님 댁 찾아뵈도 되죠?

-고영민: 부장님, 아까 인사드렸는데 이 말을 못해서 문자 남깁니다. 설 부장님이 제겐 최고의 부장님이셨습니다.

-이성현: 부장님, 그동안 수고가 많으셨습니다. 이렇게 헤어지니 너무 아쉽고 서운합니다. 또 다른 인생을 설계하시기 위해 계획한 거라 믿고 응원하겠습니다.

　-교무부장: 아까 깜짝 놀랐습니다. 설 부장님의 퇴직 인사말 때문인지 천 교감이 교감실에서 나오질 않아요. 근데 십 년 묵은 체증이 내려간 것처럼 속 시원하다는 사람들이 적잖아요. 저도 그러네요. 내내 건승하시길 빕니다.

　-진: 문자에 답도 안 하고…… 선배, 무슨 일 있어요?

"동생!"

설현서가 기다리던 이상식의 목소리였다.

"형님, 어서 오세요."

이상식은 설현서보다 나이가 여섯 살 많았다. 그는 올해 쉰일곱이다.

이상식은 통신회사 기술팀에서 15년 근무하고 권고 퇴직했다. 2년치 급여를 퇴직수당으로 받는 조건이었다. 당시 그의 나이 마흔다섯. 그러나 그의 후배 중 마흔 초반에 퇴직한 사람도 많았다고 한다.

이상식은 3개월 전까지 스마트폰 대리점을 운영했고 미디어협회에서 12주 교육을 이수한 뒤 프리랜서 인터넷 기자 활동도 꽤 오래 한 사람이었다. 지금은 하던 일을 다 정리하고 아파트 경비원 자리를 물색하고 있었다.

이상식이 물었다.

"우리가 민초하고 회장을 정상에서 만나기로 한 게 10시지?"

"네."

이상식이 말한 민초와 회장은 설현서가 얼마 전 동참한 사이버 동호회 오프라인 멤버였다. 이상식 또한 그 멤버다. 이상식과 설현서의 발걸음은 개화산 입구로 향했다.

개화산 정상에는 김민초와 회장 최고래가 있었다. 정상에 이층 정자가 있었는데 김민초는 오늘도 그곳에서 사람들을 구경하고 있었다. 최고래도 여느 때처럼 초록색 마당 빗자루로 정자 주변을 비질하는 중이었다. 김민초가 이상식과 설현서를 내려다보며 소리쳤다.

"형님들, 어서 오세요!"

이상식과 설현서는 정자 이층으로 올라갔다.

김민초는 전직 공무원이었다. 별다른 욕심 없이 적당히 공직 생활을 시작했던 그는 6급 주사로 퇴직했다. 나이는 설현서보다 한 살 어린 쉰. 일반 공무원의 명예퇴직은 매 홀수 달에 신청하면 다음 달에 퇴직 처리되었다. 김민초는 설현서와 같은 날인 8월 31일 명예퇴직했다.

공무원 시절 김민초는 업무능력이 부족하다는 지적은 달게 받아들였지만, 암암리에 아부를 강요하는 공무원 사회에 신물이 났다고 한다. 그는 회식 자리에서 상급자에게 술 한 잔 따라주지 않았다는 이유로 상급자의 눈 밖에 난 게 한두 번이 아니었다.

　김민초는 현재 명예퇴직수당에서 필요한 돈을 인출해 쓰는 한량이다. 그게 가능한 이유는 그의 아내가 초등학교 교사이고 슬하에 아이가 없기 때문이다. 그는 사람들을 구경하면서 시시콜콜 혼잣말하는 습관이 있었다. 지금도 그러고 있다.

　"형님들, 연분홍 재킷 입은 할머니랑 저 할아버지랑 연애하는 거 아세요? 봐요! 보온병 커피 따라주는 거! 저 아저씨는 오늘도 새 모이를 주겠다고 쌀 한 줌 가져오셨네."

　"저 아줌마들은 카페 놔두고 왜 산 정상에서 수다를 떠는지 몰라. 하긴 운동도 하고 수다도 떨고, 나쁘진 않지. 에휴, 우리 회장님은 오늘도 속죄의 비질이시군!"

　사이버 동호회 회장이 바로 최고래다. 한때 LK 반도체에서 초고속 승진으로 유명했던 인물. 입사 13년 만에 과장과 차장을 꿰차고 부장이 된 인물이 그였다. 반면에 동료와 후배들 사이에선 악마 같은 존재여서 그의 별명은 '지장'이었다. 세 가지 리더 유형 '덕장, 용장, 지장'의 지장이 아니라 '지랄 대장'의 앞뒤 글자를 딴 지장!

　최고래는 하급자들을 자신의 진급 수단쯤으로 여겼고 걸핏하면 주말 특근을 강요했다고 한다. 특근을 거부하는 직원들에게 '그럴 거면 회사 때려치우고 하고 싶은 거 하면서 살든가! 특근 없는 회사에 가든가!'라며 소리를 고래고래 지르고 서류를 내던지며 사직을 종용하기 일쑤였다. 정말 지랄 대장 지장이었다. 하지만 회사는 어찌 된 까닭인지 그의 갑질을 수수방관하는 것이었다.

최고래는 승진도 빨랐지만 퇴직도 빨랐다. 그의 현재 나이 마흔셋. 사이버 동호회 오프라인 회원 네 명 중 그가 가장 어렸다.

DPMR! 'Don't Play with My Retirement'의 머리글자. 최고래가 시작하고 김민초, 이상식, 설현서가 동참한 사이버 동호회다. 부당한 퇴직을 고발하고 부당하게 퇴직에 내몰린 직장인들을 보호한다는 취지로 최고래가 조직했다.

최고래는 직장 내 괴롭힘 센터에 익명 고발된 적이 있었다. 하급 직원에게 부당한 요구를 행사하고 직원에게 정신적, 신체적 고통을 줌으로써 직장 내 근무 환경을 악화시켰다는 것이 이유였다. 그러나 회사는 고발된 최고래를 털끝만큼도 보호해 주지 않았다. 그 후 최고래가 선택한 것은 퇴직과 부조리한 조직문화에 대한 고발이었다.

불안돈목佛眼豚目, 흔히 뭐 눈에는 뭐만 보인다는 뜻의 사자성어.

최고래, 김민초, 이상식, 설현서, 네 명의 퇴직자가 규합될 수 있었던 본질은 불안돈목인지 모르겠다. 부연하자면 그들의 시작은 이러했다.

최고래는 정자 이층에서 날마다 자기를 지켜보는 김민초에게 먼저 말을 걸었었다. 6, 70대 사람들이 대부분인 화창한 평일의 산 정상에서 40대의 최고래와 갓 쉰의 김민초는 서로를 눈여겨봤을 터였다. 서로가 퇴직자임도 직감했을 것이다. 둘은 전화번호를 교환했고 최고래는 김민초에게 DPMR 밴드 가입을 권했다. 자신의 페이스북 활동도 소개했다. 퇴직과 관련하여 할 말이 없지 않았던 김민초는 흔쾌히 DPMR 밴드에 가입했던 것이다.

활달한 김민초는 최고래가 자신에게 그랬던 것처럼 이상식과 설현서에게 차례로 다가갔다. 이상식과 설현서 모두 그의 접근을 꺼리지 않았다. 아니 오히려 반가워했다. 산책로에서 만나는 들꽃은 이해타산을 따지지 않으니까.

"어서 오십쇼, 회장님!"

최고래가 정자 이층으로 올라오자 김민초가 일어나서 인사했다. 이로써 오늘도 DPMR 오프라인 회원 네 명이 한자리에 모였다.

"형님들, 지금은 제가 특별히 드릴 말은 없고요. 조만간 상식이 형님 아파트 경비원 되고 현서 형님 취업하면 주말에나 얼굴 볼 거 같은데요. 오늘 회식 어때요?"

최고래가 회식을 제안했다. 마다할 사람은 아무도 없었다.

"몇 시? 어디서? 뭐 먹을까요?"

김민초가 호들갑을 떨었다.

"민초야, 가만히 좀 있어라."

이상식이 점잖게 말했다. 그러나 그도 회식이란 말이 반갑긴 매한가지였다.

"저녁 6시, 도원 공원 앞에 '곱빼기 곱창'어때요?"

의기충천! 백수인 네 명에게 시간은 중요하지 않은 법이다. 회장 덕분에 세 명은 오랜만에 저녁 외출 건이 생겼다.

설현서는 5시 40분경에 이상식과 함께 식당에 도착했다.

김민초가 식당 안에서 손을 들어 보였다. 그의 옆엔 최고래가 있었다. 최고래는 돼지 막창 3인분과 소주, 맥주 각각 2병씩 주문했다. 그는 술을 마시기 전에 A4 문서 서너 장을 회원들에게 나눠주었다.

DPMR 추진 과제

[참고 1]

고용상 연령차별금지 및 고령자고용촉진에 관한 법률

제1장의 2 고용상 연령차별 금지

제4조의 4(모집·채용 등에서의 연령차별 금지)

① 사업주는 다음 각호의 분야에서 합리적인 이유 없이 연령을 이유로 근로자 또는 근로자가 되려는 사람을 차별하여서는 아니 된다.

5. 퇴직·해고

② 제1항을 적용할 때 합리적인 이유 없이 연령 외의 기준을 적용하여 특정 연령집단에 특히 불리한 결과를 초래하는 경우에는 연령차별로 본다.

[참고 2]

기업과 공공기관이 제시하는 무의미한 연령 자격요건

"정년(만 60세)에 도달하지 아니한 자"→ 총지원자 중 50세 이상 지원자의 서류 통과 비율은 제로이기 때문에 실제와 배치되는 무의미한 사항이다.

.

.

[추진 과제]

1. 부당한 퇴직 사례 취합 및 국가인권위원회 진정 신청

2. 1번과 관련된 기업 홈페이지 고객센터, 온라인민원창구 항의

3. 회사 상대로 소송 대응 준비 중인 퇴직자 발굴 및 협조 방안 논의

4. DPMR 오프라인 회원의 보도자료 작성(자신의 직접 경험을 바탕으로), SNS 업로드

** 유언장 작성(상식이 형님 요청 사항)

"형님들, 1페이지 참고 내용 말고 2페이지 추진 과제 봐주세요. 1번부터 3번까지는 제가 온라인 회원들하고 하면 되는데요. 4번은 형님들이 하나씩 작성해 주시면 좋겠어요."

"별표, 유언장 작성은 뭐예요?"

김민초가 물었다.

"거기 쓰여 있죠? 상식이 형님 요청 사항이라고. 상식이 형님이 설명해 주실래요?"

"내가 미디어협회에서 교육받을 때 웰다잉 특강을 들은 적이 있어요. 유럽에선 유언장 작성이 일반적이랍니다. 다니던 직장에서 퇴출당하듯 언제 세상에서 퇴출당할지 모르는 것이니 한번 써 보는 건 어떨까 싶네요."

"유언장, 나쁘지 않은데요."

김민초가 말했다. 설현서와 최고래도 고개를 끄덕였다.

"DPMR 오프라인 회원의 보도자료 작성, 이건 우리가 각자 하나씩 작성해서 SNS에 업로드하라는 거죠?"

설현서가 추진 과제 4번을 언급했다.

"네, 맞아요. 보도자료 양식은 제가 메일로 보내드릴게요. 기자들이 양식 갖춰서 제보하지 않으면 거들떠보지도 않아요. 기자 메일 주소는 상식이 형님이 메일로 쏴 주기로 했어요."

"내가 한때 프리랜서 기자 생활을 한 터라……. 참, 전에도 내가 그런 말 한 적이 있는데 우리 DPMR 같은 모임이 세상에 없어요. 퇴직자 인권을 누가 생각하겠으며 그를 위해 누가 SNS 계정을 만들어서 활동하겠어요?"

이상식의 말에 모두가 고개를 끄덕였다.

이상식이 이어서 말했다.

"나는 우리 아파트 맞은편에 있는 솔향기 아파트에서 일하게 됐어요. 다음 주 월요일부터 투입됩니다. 보니까, 3일 근무하면 하루는 쉬더라고요. 기쁘기도 하고 한편 씁쓸하기도 합니다. 영어사전에 white-collar, pink-collar job, gray, blue-collar job은 있는데, silver-collar job은 없어요. 내 생각엔 50대 후반이나 60대 이상 노인이 선호해서가 아니라 그들에게 선택지가 없어서 그 사람들이 하게 되는 직업을 가리켜 silver-collar job이라고 할 만해요. 물류센터 포장 알바, 건물 청소, 아파트 경비원, 아파트 미화원이 거기에 해당할 겁니다. 나라고 아파트 경비원 하고 싶겠어요? 몸도 청춘이고 마음은 더 청춘인데 말입니다. 하하."

"형님, 그래도 축하드립니다!"

김민초가 소리쳤다. 넷은 술잔을 부딪치며 건배했다. 술이 한 잔 두 잔 들어가자 설현서도 자기 이야기를 꺼냈다.

"상식이 형님, 고맙습니다. 아시죠? 형님 때문에 제가 내일 면접 보는 거?"

"그게 왜 나 때문인가?"

"노동하지 않으면 삶은 부패한다. 그러나 영혼 없는 노동을 하면 삶은 질식돼 죽어간다. 알베르 카뮈가 그랬다면서요? 형님이 저더러 급여, 근로환경, 복지, 아무것도 생각 말고 일단 일부터 시작하라 하셨죠. 일하다가 영혼 없는 노동을 하는 거 같으면 그때 관두더라도……. 저는 형님 말이 맘에 들어요."

"현서 형님, 내일 면접 보는 회사가 어떤 회사예요?"

김민초가 물었다.

"육가공회사. 우리 집에서 직선거리 3km. 차로 5분밖에 안 걸립니다. 좋죠? 근데 회장님은 폰만 보고 계시네요. 회장님, 한잔 드세요."

"동생은 내일 면접 봐야 하니 술은 그만하시게."

"네, 형님. 저는 이것만 마시겠습니다."

설현서는 이상식의 말을 웃으며 받았다. 설현서는 사람들과 훈훈한 시간을 함께한 게 얼마만 인지 감회가 새로웠다. 아직 취업 의지는 없지만 쾌활한 김민초, 서너 달 더 DPMR 활동에 집중한 다음 취업하겠다는 최고래, 다음 주 월요일부터 아파트 경비원으로 일하게 된 이상식. 그들의 표정은 세상 행복해 보였다. 설현서는 얼핏 행복에 대해 생각했다.

'비슷한 처지에 있는 사람들과 함께 있을 때 사람은 행복을 느끼는

가. ……행복? 순수한 사람을 만났기 때문이겠지. 그 좋은 사람들이
비슷한 처지여서 그들과 함께여서 행복한 거겠지.'

20.
㈜프린스푸드

㈜프린스푸드

검은색 유리 외벽 때문에 건물 상단의 주황색 간판이 도드라져 보이는 이 층 건물 앞에는 농구장 반코트만 한 아스팔트 주차장이 있었다. 건물 그림자가 검게 드리워진 주차장에 네 대의 차량이 있었지만 인기척은 없었다.

13시 10분. 면접 시간 20분 전이었다. 설현서는 현관으로 걸어갔다. 그런데 문이 열리지 않았다. 현관문을 밀고 당기는 소리가 요란했음에도 인기척은 없었다. 설현서는 뒤로 물러났다. 현관 왼쪽 벽면에 부착된 우편함에 우편물은 빗물에 젖었다 마르기를 얼마나 반복했는지 우그러들고 누렇게 변색 되었다. 우편함 아래 거미줄에 걸린 검은 곤충의 사체가 을씨년스럽다. 건물 오른쪽에 붙어 있는 컨테이너 창고에서 나는 기계음만이 공장이 가동 중임을 확인시켜 주었다.

설현서는 회사를 옳게 찾아온 건지 의아했다. 다시 한번 건물 외벽 간판을 올려다봤다. ㈜프린스푸드.

설현서는 스마트폰을 꺼내어 문자를 확인했다. 회사에서 발송한 면접 일정 문자였다. 그는 문자 발신 번호로 전화했다.

"안녕하세요. 오늘 면접 보기로 한 사람인데요. 현관문이 닫혀 있어서요."

"현관 오른쪽에 초인종 버튼이 있는데 그거 눌러보시겠어요?"

설현서는 전화를 끊고 빨간색 버튼을 눌렀다. 스피커에서 음성이 흘러나왔다.

"누구십니까?"

"오늘 면접 보기로 한 사람입니다."

"문 열어드렸고요. 신발장에 실내화 있습니다. 실내화로 갈아신으시고 이층으로 올라오세요."

설현서는 넥타이를 만지며 옷매무새를 고쳤다. 이층은 사무공간이었다. 한 직원이 설현서를 응접실로 안내했다. 응접실로 가기 전에 조그만 식당을 지나쳤다. 면접 진행 요원이 없었다. 면접용 이름표 목걸이도 없었다. 설현서는 회사 규모가 짐작되었다. 잠시 후 60대 중반의 한 남자가 들어왔다.

"안녕하세요. 대표 이우신입니다."

"서 대표님! 이리 좀 오시죠?"

이우신은 사무실을 향해 소리쳤다. 대표가 한 명 더 있었다. 서 대표는 대략 40대 초반으로 보였다. 그녀는 소파에 앉자마자 손으로 입을 가리고 웃음을 터트렸다.

"죄송합니다. 저는 설 선생님이 안 오실 줄 알았어요. 영어 선생님이라면서요?"

"네, 지금은 아닙니다. 명예퇴직했습니다."

"당연하죠. 그러니까 우리 회사에 지원하셨겠죠. 근데 우리 회사에서 일하실 수 있겠어요? 하하."

서 대표는 또 웃음을 터트렸다. 그녀는 어엿한 교직을 그만두고 육가공회사에 지원한 설현서가 도무지 이해되지 않았을 것이다.

"이쪽은 서영희 대표예요. 저하고 공동대표. 서 대표님, 설 선생님한테 궁금한 거 있으시면 물어보시죠?"

"이 대표님이 보시고 결정하세요. 설 선생님, 죄송해요. 저는 좀 바빠서……."

서 대표는 밖으로 나갔다.

"설 선생님, 은성고등학교에서 근무하셨대요?"

"네."

"천상혁 이사장, 천방지 선생 안녕하신가요?"

"대표님이 그분들을 어떻게 아십니까?"

놀란 설현서가 눈썹을 치켜올렸다.

"하하, 내가 소싯적에 천상혁 아버지, 천하일 사장님이 운영하던 사료공장에서 일했어요. 오래전 일입니다. 30년 전인가? 천상혁하고는 지금도 가끔 연락하고 지냅니다. 그건 그렇고 우리 회사는 협업사가 두 개 있어요. 하나는 호주에서 원육을 수입하는 곳이고 다른 하나는 온라인 주문판매 회사예요. 프린스푸드는 원육을 가공해서 상품을 생산합니다. 택배 포장도 하고요. 설 선생님이 우리하고 같이 일하시게 되면 생산직부터 시작할 겁니다. 조만간 경리업무를 맡게 될 수도 있습니다만……."

"뭐든 열심히 하겠습니다."

"연봉은 일단 2,800(만원)부터 시작합니다."

"네, 알고 있습니다."

설현서는 채용공고를 통해 개략적인 업무와 연봉을 알고 있었다. 연봉 2,800은 설현서의 지난해 연봉의 40퍼센트도 안 되는 수준이었으나 그에게는 일단 일을 시작하는 게 중요했다.

"오늘 두 명 더 면접을 보기로 한 터라, 합격 여부는 내일 연락드리겠습니다. 아, 우리가 주말에 잠깐 출근해서 냉동창고 점검을 하는데요. 그래서 저를 포함해서 직원들이 한 달에 한 번 정도 교대로 주말에 출근하고 있습니다. 괜찮겠습니까?"

"당연히 해야죠. 매주도 아닌걸요."

다음 날 이우신의 전화가 왔다. 통화 내용은 간단했다. 당장 모레부터 같이 일하자는 거였다.

그날 밤 설현서는 아내와 두 딸에게 취업 소식을 전했다. 김미영은 뭐 하는 회사냐고 물었고 설현서는 육가공회사라고만 답했다. 김미영은 잘됐다면서 더 이상의 질문을 하지 않았다. 두 딸도 마찬가지였다. 아마도 가족은 설현서가 생산직에 지원했을 거라고는 상상하지 못했을 것이다. 설현서는 가족의 건조한 반응이 서운하면서도 누구 하나 꼬치꼬치 캐묻지 않아서 다행이라 생각했다. 가족에게 육가공회사 생산직 업무를 설명하고 싶지는 않았다.

설현서는 DPMR 밴드에도 취업 소식을 전했다. 축하한다는 회원들의 댓글 십여 개가 순식간에 달렸다. 그중 최고래의 댓글이 눈에 띄었다.

-형님, 축하드리고요. 추진 과제 4번 부탁이요!

추진 과제 4번은 DPMR 오프라인 회원에게 주어진 것이었다. 회원 각자의 직접 경험을 토대로 경영자의 부당한 퇴직 압력에 대한 고발 글 작성과 SNS 업로드가 그것이다. 설현서는 염두에 두었던 이야기도 있거니와 일을 시작하게 되면 글 쓸 시간이 없을 것 같아서 밤늦은 시간에 노트북 앞에 앉았다.

제3자를 동원한 사악한 퇴직 압박

필자가 재직했던 사립고등학교에서 발생한 일입니다. 교

감은 이사장의 여동생으로 학교 경영의 실권을 쥔 인물이었습니다. 나이 쉰이 넘거나 교감의 눈 밖에 난 교사는 교감에게 불려 가 명예퇴직 혹은 사직 권유를 받게 됩니다. 명백한 갑질 사례입니다. 더 심각한 문제는 특정인의 퇴직을 관철하기 위해 해당 교사의 가족을 압박하는 것입니다. 교감은 교사의 배우자와 자녀에게 가장의 무능력과 정신과 진료 필요성을 언급합니다(교사의 무능력은 교감의 주관적 판단이며 정신과 진료 필요성은 사실이 아닙니다). 이는 가족의 불안을 초래하고 교사에게 스트레스를 증폭시킵니다. 가족 전체를 흔드는 폭력인 겁니다. 그러나 안타깝게도 학교에 맞서 싸우는 교사는 없습니다. 대부분은 위축된 심리상태에 머물러 있다가 우울증을 겪습니다. 결국 그들은 퇴직을 선택하게 됩니다.

설현서는 작성한 글을 자신의 페이스북과 DPMR 밴드에 업로드했다.

-추진 과제 4번 완료!

댓글을 달고 노트북을 닫았다. 그새 시간은 흘러 새벽 1시였다.

육가공회사 첫 출근

직원들은 설현서를 '설 샘'이라 불렀다. 전직 교사였다는 사실이 이미 소문났을 것이다. 전직 교사, 생산직 사원! 독특한 이력이었다. 독특하기만 할까. 도대체 무슨 꿍꿍이가 있어서 육가공회사에 들어온 건지 의혹을 품는 사람도 있을 것이다.

근무 시간은 08시부터 17시까지. 공동대표 두 명과 영업이사, 경리 사원은 이층 사무실에서 근무했고 설현서를 포함한 생산직 사원 다섯 명은 1층 생산공장에서 일했다. 생산직 사원은 여성 셋 남성 둘이었는데 모두 설현서보다 나이가 어려 보였다.

체구가 가장 작은 여성이 팀장이었다. 팀장 소지연에게 유니폼을 건네받은 설현서는 위생복, 위생모, 위생화, 그리고 발목까지 내려오는 흰색 방수 앞치마로 중무장했다. 얼핏 눈사람처럼 보였다.

생산공장 중앙에 당구대 크기의 하얀 도마가 있었다. 원육 가공을 위한 것이었다. 원육은 호주산 소고기와 돼지고기 두 종류였다. 작업은 단순했다. 실내에 한 개의 냉동창고와 실외에 컨테이너 냉동창고 두 동이 있었다. 거기서 원육을 꺼낸 다음, 가공하여 진공 포장하고 그것을 다시 냉동창고에 보관하면 되었다. 가공 공정은 지방제거와 적정 두께로 원육을 써는 것이었다. 공정 과정에 육절기, 찹커터기, 골절기 등이 사용되었다. 골절기는 위험해서 팀장 소지연만이 사용했다.

생산직 사원 중에 '쏜닝'이라는 중국인 남자가 있었다. 압록강 북쪽 지린성 통화 시에서 왔고 아내와 4살, 5살짜리 두 아들은 고향인 통화 시에 산다고 했다. 설현서는 쑨닝과 이틀에 한 번꼴로 속칭 까대기 작업을 했다. 2, 30킬로그램 나가는 냉동 원육 박스를 냉동탑차에서 하차한 다음 창고에 넣었다. 그리고 그것을 다시 꺼냈다 넣기를 반복했다. 가공을 위해 꺼냈으며 가공이 끝난 상품을 다시 냉동창고에 넣은 것이다.

오후에는 이르면 1시 늦을 때는 3시부터 택배 포장했다. 생산공장 바로 옆에 포장 작업대가 있었다.

일주일이 지나자 설현서는 생산 공정에 익숙해지는 듯했다. 그만큼 일이 단순했다. 물론 능숙하진 않았다.

당구대 같은 도마 위에서 지방제거 작업할 때 세 명의 여자는 수다를 멈추지 않았다. 처음 며칠 동안은 그들의 수다가 귀에 들어오지 않았지만, 지금 설현서는 여직원들의 수다를 들으면서 피식 웃는다.

특히 40대 중반의 기골이 장대한 여직원 허시아의 입에서 쉼 없이 이야기가 쏟아져 나왔다. 그녀의 이야기는 사회, 경제, 정치, 연예 전반을 두루 섭렵하고 있었다. 세 여자의 수다를 들노라면 설현서는 라디오 청취자가 된 듯한 착각이 들었다. 사실, 설현서와 쑨닝은 도마 앞에서 줄곧 라디오 청취자 역을 도맡았다.

설현서는 오싹하고 흥미로운 이야기를 듣기도 했다. 그 이야기 역시 이야기꾼 허시아의 입에서 나왔다.

"설 샘, 학교 괴담 있지 않아요? 우리 회사에도 괴담이 있어요. 육가공회사 괴담! 회사 직원이 한 명씩 사라지는……. 사라진 직원들은 하나같이 회사 대표하고 트러블이 있었대요. 휴식 시간 보장해달라, 주말 특근 부당하다, 인력 충원해달라! 그렇게 말하는 직원들은 대표에게 눈엣가시였겠죠? 사라진 직원들이 어디서 발견됐는지 알아요? 냉동창고! 실외 컨테이너 냉동창고! 왜, 우삼겹 박스 있잖아요. 우삼겹 원육 덩어리가 꼭 사람 허벅지처럼 생기지 않았어요? 그 박스에 토막 난 시체가……."

"으으으! 언니 그만 해요! 언니는 신입사원 들어오면 꼭 그 얘길 하더라."

가장 나이 어린 여직원 임영란이 몸서리쳤다.

"그러니까 여러분들 다, 대표님한테 충성만 하세요. 대표한테 하고 싶은 말일랑 지나가는 개나 줘버리라고요! 안 그럼 쥐도 새도 모르게 토막 난 채 꽁꽁 얼려서……."

"그만 좀 하라니까!"

팀장 소지연이 허시아의 말을 가로막았다.

"근데, 할 말 있으면 하는 거고 그런 거지. 대표한테 충성만 하는 건 아니지 않나? 우린 받는 급여만큼 일하면 되는 거지, 충성할 필요는 없다고 생각해."

"팀장님, 웃자고 한 말에 죽자고 달려드는 건 아니죠? 하하."

21.
후회하기 전에

월요일 아침

이미경이 출근하지 않았다. 이미경은 프린스푸드의 경리업무를 맡은 20대 후반의 여성이었다. 설현서에게 면접 일정을 문자로 통보했던 이가 그녀였다.

소지연이 업무 시작 전에 설현서에게 귀띔했다.

"설 샘은 오늘부터 경리업무 봐야 할 거 같은데요."

"제가요?"

"이미경 씨 이직한 거 같아요. 누구든 급여 더 준다는 데 있으면 얼른 이직하지 않겠어요? 저도 돈만 더 준다면야 바로 이직하고 싶네요."

소지연의 말이 끝나기 무섭게 서 대표가 1층으로 내려가던 설현서를 불렀다. 소지연 말대로 그날부터 설현서는 컴퓨터 앞에 앉게 되었다.

설현서는 내색하지 않았지만 솔직히 새로운 업무를 반겼다. 자질구레한 일이 아무리 많다 해도 경리직은 종일 핏물이 줄줄 흐르는 원육을 만지고 수시로 까대기 작업해야 하는 생산직에 비할 바가 아니었기 때문이다.

학교에 나이스 업무포털이라는 교육행정 시스템이 있다면, 육가공 회사에는 SM이란 축산물 유통관리시스템이 있었다. 설현서의 업무 절반은 SM에 매입, 매출자료 등록과 거래명세서 발행이었고 나머지 절반은 직원 급여 관리, 소모품 구매, 거래처별 정산 작업, 홈택스에서 세금계산서 발급 등이었다.

경리업무를 맡으면서 설현서는 호주머니에 USB를 넣고 다니기 시작했다. 컴퓨터 앞에서 제법 시간 여유가 생긴 그는 틈틈이 '매직 in 카페'원고 교정을 볼 셈이었다.

10월 24일 목요일

설현서가 프린스푸드에 입사한 지 꼭 한 달이 되던 10월 24일, 이우신은 직원들에게 조기퇴근을 허락했다. 그날은 프린스푸드의 설립 기념일이었다.

"오늘이 벌써 우리 회사 설립 12주년입니다. 특별한 날에 제가 우리 직원들에게 조기퇴근 말고 해줄 게 없네요."

설현서는 학교의 개교기념일 느낌이 들었다. 직원들은 모두 오후 2시 전후에 퇴근했다.

"쑨닝! 퇴근 안 해요?"

손지갑과 스마트폰을 챙겨서 퇴근하던 허시아가 사무실 책상 앞에 앉아 있는 쑨닝을 쳐다봤다.

"저는 이따 영업이사님 오시면 까대기 작업하고 가려고요."

"그런다고 돈을 더 받는 것도 아닌데?"

"이 대표님이 3만 원 주신대요."

사무실엔 대표 두 명과 쑨닝만 남았다. 설현서도 회사를 나섰다. 설현서가 차에 타려는데 소지연이 그를 불렀다.

"설 샘, 잠깐만요!"

소지연은 설현서에게 냉동창고 주말 점검 얘기를 꺼냈다. 냉동창고에 문제가 생긴다면 십중팔구 사람이 없는 주말에 발생한다는 거였다. 그래서 직원들이 교대로 주말 창고 점검을 한다고 했다. 소지연은 설현서에게 실외 컨테이너 냉동창고 컨트롤 패널과 실외기 점검 사항을 알려줬다.

"우리가 창고 온도는 영하 30도로 맞췄고요. 이쪽으로 오시겠어요! 만약에 실외기가 작동하지 않으면, 여기 안쪽에 빨간 버튼 보이시죠? 그거 한번 눌러주면 됩니다. 간단하죠? 이번 주 토요일에 혹시 시간 되세요?"

"네, 별일 없어요."

"그럼, 낼모레 토요일에 설 샘이 점검해 주시겠어요?"

"알겠습니다."

"점검하는 데 5분이면 될 거예요. 그리고 잊지 말아야 하는 게, 냉동창고 점검한 다음 저한테 문자 주셔야 해요. 점검했다는 문자. 깜박 잊고 점검 안 하는 직원들이 있어서요."

"네, 잊지 않고 문자 드리겠습니다."

설현서는 차로 걸어갔다. 차 안에서 잠시 창밖을 응시하다가 시동을 걸었다. 그의 차는 교육청 방향으로 향했다. 그는 오랜만에 카페 인연에 들를 생각이다.

한낮이라 도로에 차가 많지 않았다. 회사에서 카페 앞까지 차로 겨우 20분 걸렸다. 그런데 카페 주차장에 진입하는 순간 설현서는 차창 밖으로 생경한 장면을 보게 되었다. 진과 어떤 남자가 카페 현관 앞에서 실랑이를 벌이는 것이었다. 설현서의 발걸음이 저도 모르게 빠르게 그쪽으로 향했다. 진과 실랑이하는 남자의 말이 점점 또렷하게 들렸다. 남자의 말이 듣기에 거북했다.

남자가 말했다.

"나한테 기댈 때는 언제고? 그깟 손목 잡았다고 정색해? 손님들 앞에서 쪽팔리게 말야."

"뭔데? 무슨 일이야?"

설현서가 나섰다. 설현서를 보자 진은 등을 돌렸다.

"뭐야? 누님 얼굴값 하는 거야?"

남자가 설현서와 진을 번갈아 쳐다봤다.

"말씀이 심하십니다."

"누님, 이 아저씨 누구……? 누구냐고? 아하, 기둥서방!"

남자는 무례하기 짝이 없었다. 남자가 시퍼렇게 문신이 새겨진 팔뚝을 뻗어서 돌아선 진의 어깨를 잡아 돌리려 했다. 그 순간 설현서는 저도 모르게 남자의 손목을 쳐냈다.

"말만이 아니라 손도 거치네. 점잖게 얘기하면 안 될까?"

설현서는 남자에게 경어를 쓸 필요가 없다고 생각했다.

"안 될까? 어디서 뒷방늙은이 같은 새끼가……."

"하지 마! 하지 말라고!"

진이 소리쳤다.

"누님, 우리 사이에 이러면 곤란하잖아? 나중에 연락 좀 줘!"

남자의 말투가 사뭇 부드러워졌다. 당장 설현서의 멱살이라도 잡을 듯하던 그는 언제 그랬냐는 듯 돌아서서 휘파람까지 불었다. 그가 탄 차가 주차장을 벗어나는 것을 보고서야 설현서는 비로소 마음이 놓였다.

"저 사람 누구야?"

"선배가 알아서 좋을 거 없어요. 근데 이 시간에 어떻게……?"

"……."

"선배, 전화 오는 거 아네요?"

진이 먼저 설현서의 스마트폰 진동음을 눈치챘다. 설현서는 스마트폰을 확인했다. 아버지 요양병원에서 걸려 온 전화였다.

"여보세요. 네, 맞습니다. 미래중앙병원 응급실이요? 알겠습니다. 바로 가겠습니다."

"선배, 무슨 일이에요?"

"병원에 가봐야겠어. 나중에 보자."

황급히 차에 탄 설현서는 내비게이션에 목적지를 입력했다. 도착시간 3시 30분.

"설, 현자 범자입니다. 저는 아들입니다."

설현서는 응급실 데스크에서 아버지 이름을 말하고 보호자 출입증을 받았다. 두 개의 차단문을 통과해서 응급실 안으로 들어갔다. 간호사에게 다시 한번 아버지 이름을 말했다. 간호사는 설현서를 응급실 내 진료실로 안내했다. 아버지가 있었다. 아버지 얼굴이 창백했다.

"아버지, 괜찮으세요?"

"미안하다."

아버지의 목소리가 희미했다. 전공의가 들어왔다. 전공의는 아버지의 항문출혈 원인을 알기 위해 내시경 검사가 필요하다고 했다. 아버지가 긴급하게 응급실로 실려 온 이유가 갑작스러운 항문출혈 때문이었다. 설현서는 아버지의 내시경 검사를 주저했다. 검사를 하려면 마취해야 하는데 아버지가 그것을 견딜 수 있을지 걱정됐기 때문이다. 전공의는 출혈 원인 파악을 위한 검사 필요성을 재차 설명했다. 설현서는 결국 동의했다. 아버지는 한 시간 후 진료실에서 응급구역 침대로 옮겨졌다. 한 개의 응급구역에 네 개의 침대가 있었다.

"서야, 기저귀 갈아야겠다."

아버지의 목소리가 떨렸다. 설현서는 아버지의 하의를 내리고 기저귀를 풀었다. 그런데 갑자기 아버지의 항문에서 수돗물처럼 피가 콸콸 쏟아졌다. 설현서가 소리 질렀다.

"의사! 간호사!"

의료진 대여섯 명이 아버지에게 달라붙었다. 삽시간에 아버지 침상 주변이 아수라장이 되었다. 의사와 간호사가 아버지에게 긴급 수혈했고 아버지 손등과 팔뚝에 주삿바늘을 꽂았다. 그 모습을 망연자실하여 지켜보던 설현서는 안면 근육이 떨리더니 눈물이 났다. 그는 속으로 이렇게 말했다. '아버지 제발 이번 고비만 넘겨주세요.'

전공의가 서류를 들고 설현서에게 다가왔다. 그 와중에 전공의는 지혈을 위한 시술 동의서를 보호자에게 받아야 했다. 전공의는 시술 후 장기에 염증 발생 가능성이 있고 시술 중 급사 위험이 있다고 말했다. 설현서는 즉각 동의했지만 '급사'라는 말이 목에 걸린 생선 가시처럼 마음에 걸렸다. 설현서는 아버지를 수술실로 이동하는 간호사를 따라갔다. 아버지가 수술실에 들어가자 50대 중반의 머리가 희끗희끗한 의사가 설현서에게 다가와서 시술에 관해 설명했다. 의사는 허벅지 혈관에 도관을 삽입해 지혈 시술할 것이라 말했다. 어려운 시술이 아니라는 말로 보호자를 안심시켰다. 의사의 차분한 설명 덕분에 설현서는 마음이 진정되는 듯했다.

시술은 한 시간 남짓 걸렸다. 아버지가 시술받는 그 시간이 설현서에겐 반나절 같았다. 아버지는 다시 응급실로 옮겨졌다. 일반 병실, 간호병동 입원실 그리고 중환자실 어디에도 잔여 병실이 없었기 때문이다. 응급실 전공의가 말하길, 입원실 자리는 내일 아침에 생기고 중환자실은 환자가 사망하는 경우에나 자리가 빈다는 것이다. 오늘 중에 중환자실로의 이동 여부는 알 수 없었다. 허공을 응시하던 아버지는 잠이 들었다. 눈꺼풀을 움직일 기운도 없었을 것이다. 설현서는 아내에게 전화했다.

"난데, 나 지금 병원이야. 미래중앙병원. 갑자기 항문출혈이 있어서 아버지 시술하셨어. 시술은 잘 됐어. 괜찮아. 중환자실에 자리가 생기면 모를까 내가 응급실에서 밤새 있어야겠어. 오긴 뭘 와? 응급실 출입은 보호자 1인밖에 안 돼. 그래 내일은 간호병동 병실 여러 개 빈대. 아침에 집에 들르지 못하고 바로 출근해야지. 걱정할 거 없어."

어느덧 시각은 7시가 넘었다. 설현서는 병원 본관 지하 편의점에서 컵 우동, 생수, 여행용 칫솔 세트를 구입했다. 저녁은 컵 우동 하나로 때웠다. 진의 문자가 온 건 설현서가 화장실에서 양치하고 나올 때였다.

　-선배, 나 응급의료센터 앞

　진은 정말 응급실 앞에 있었다.

　"여긴 어떻게 알고 왔어?"

　설현서가 진에게 다가가며 물었다.

　"아까 선배 통화하는 거 들었어요. 미래중앙병원 응급실. 아버님은 괜찮으신 거예요?"

　"괜찮으셔. 나 잠깐 아버지한테 갔다 와도 될까? 금방 다시 올게."

　"네, 저 신경 쓰지 말고 어서 들어가세요."

　설현서는 저녁 먹느라 아버지 곁에 없었던 게 마음에 걸렸다. 응급실에 들어서자, 금일 입원실 이동이 어렵다고 말했던 전문의가 설현서를 불러세웠다.

　"보호자 분! 중환자실에 자리가 생겼는데 어떻게 하시겠어요?"

　설현서는 아버지를 중환자실로 옮기기로 했다. 중환자실 병동은 본관 3층에 있었다. 설현서는 밖에서 기다리고 있을 진이 신경 쓰였다. 진에게 전화했다.

　"내가 바로 밖에 나가질 못할 거 같아. 곧 아버지 중환자실로 이동할 거라서. 간호사 오면 아버지 모시고 가야지. 중환자실? 본관 3층.

　　　　　누가 그를 소멸시켰는가

기다리게 해서 미안하다."

설현서는 진에게 귀가하라는 말을 하지 않았다.

잠시 후 아버지를 중환자실로 옮기기 위해 남자 간호사 한 명이 왔다. 간호사는 주렁주렁 매달린 수액 호스와 환자감시장치 연결선을 정리했다. 설현서는 아버지 눈을 보며 '아버지, 애쓰셨어요.'그렇게 투박한 말이라도 하고 싶었지만, 아버지는 잠에서 깰 기미가 없었다. 아버지는 본관 3층 중환자실로 옮겨졌다.

중환자실을 나오면서 설현서는 생각했다. '아버지, 애쓰셨어요? 에휴. 후회하기 전에 다음에는 꼭, 남들 다하는 그런 말을 해드려야지. 후회하기 전에······.'

중환자실을 나온 설현서가 고개를 들자 익숙한 실루엣이 그의 눈에 들어왔다. 진이었다. 진은 저 앞 복도 의자에 앉아 있었다. 설현서는 진과 눈이 마주쳤다. 진은 의자에서 일어났고 설현서는 진에게 다가갔다. 설현서는 진 옆에 앉으며 말했다.

"긴 하루였다."

설현서는 그다음 무슨 얘기를 할지 생각하는 듯 심호흡을 한 번 했다. 그는 진에게 아버지의 시술 경과를 말해주었다. 진이 묻지 않았지만, 명예퇴직과 재취업 이야기도 털어놓았다. 진은 설현서의 명예퇴직을 알고 있다고 말했다. 9월 초 고영민이 카페에 왔었는데 그때 진이 그에게 설현서의 안부를 물었다는 것이다. 설현서와 진은 오랜 회포를 나누듯 이야기했다. 그런데 둘의 이야기는 설현서가 그날 카페 앞에서의 불미스러운 일을 꺼내자 멈춰버렸다. 그 얘기는 하지 말라는 제스처인 듯 진이 설현서의 무릎 위에 손을 올려놓았기 때문이다.

설현서와 진의 시선이 부딪쳤다. 설현서는 진이 그의 무릎을 움켜쥐는 느낌이 들었다. 무릎 위에 진의 손을 보았다. 진의 손등을 한 손으로 감쌌다. 설현서는 진의 눈을 다시 바라봤다. 진은 시선을 피하지 않았다. 진은 설현서의 무릎 위에 올린 손의 손가락을 천천히 벌렸다. 설현서의 손가락이 진의 손가락 사이로 떨어졌다.

중환자실 병동 비상계단의 형광등 하나가 깜박거리고 있었다. 점멸하는 불빛 아래 설현서와 진이 있었다. 진은 설현서의 손을 끌어당겼다. 설현서는 진의 가는 허리를 한 손으로 감쌌다. 진의 실크 상의를 통해 살결이 느껴졌다. 서로의 호흡이 얼굴에 닿았다. 설현서는 시선을 진의 눈에서 입술로 떨궜다. 순간, 그는 반걸음 뒤로 물러났다. 갑자기 머리가 차가워졌기 때문이다. 설현서는 욕망을 멈춰야 한다 생각했다. 그러자 양손을 뒤로하고 등을 벽에 기댄 채 서 있던 진이 고개를 돌리며 말했다.

"선배, 멈추지 말아요. 저 괜찮아요."

설현서는 다시 진에게 다가갔다. 진은 설현서를 향해 고개를 돌려주었다.

22.
어느 사립고 교사의 의문사

10월 25일 ㈜프린스푸드

 사무실에 가장 먼저 출근한 설현서는 사무실 전등을 켜고 컴퓨터 앞에 앉았다. 그의 손이 습관적으로 스마트폰에 닿았다. 스마트폰 전원이 들어오지 않았다. 그는 스마트폰을 충전기에 연결하고 호주머니에 손을 넣었다. 그런데 USB가 없었다.

 "안녕하세요. 일찍 오셨네요?"

 막 사무실에 들어선 소지연의 인사에 설현서가 소스라치게 놀랐다. 당황해하는 설현서를 소지연이 눈치채지 못했지만, 설현서는 스스로가 민망했다.

 설현서는 스마트폰 전원이 켜질 때까지 여러 번 폰에 손이 갔다. 마침내 켜진 스마트폰에는 익명의 부재중 전화 한 통과 진의 문자가 있었다.

-선배, 혹시 이거 선배 거예요?

진이 문자와 함께 전송한 사진은 설현서의 USB였다. 그는 진의 오피스텔에 USB를 흘린 것이다.

-갖고 있어. 나중에 찾으러 갈게.
-선배, 또 잠수 타는 건 아니죠?

설현서는 진에게 앞으로 잠수 탈 일은 없다고 문자를 보낸 후 업무를 시작했다. 어제 등록하지 못한 매출자료를 SM(축산물 유통관리시스템)에 등록하고 소지연이 요청한 진공 포장지, 투명 박스테이프 등을 인터넷 주문했다.

오전 10시 무렵이었다. 은성고등학교 행정실장 김완용의 전화가 온 게 그쯤이었다. 설현서는 반가웠다. 퇴직 후 은성고 교사든 행정실 직원이든 누구에게도 전화나 문자가 없었기 때문이다. 김완용이 처음이었다. 교육청 출장을 가는데 혹시 설현서가 집에 있으면 같이 점심 식사하려고 전화했단다.

"실장님, 집 주소는 아세요?"

"명색이 행정실장인데 설 샘 집이 어딘지 모를까?"

"실장님, 저 집에 없어요. 회사 다닙니다."

"무슨 회사? 쉬지 않고서 그새 취업했어? 그럼, 회사 주소 문자로 보내요. 멀면 안 가고 가까우면 얼굴이나 보게. 얼른!"

김완용이 고집을 부리는 바람에 설현서는 못 이기는 척 그에게 회사 주소를 보냈다. 퇴직한 사람을 누가 찾아줄까 싶었던 그는 김완용이 반갑고 고마웠던 것이다.

하필 설현서가 직원들과 한창 점심 식사 중일 때 김완용의 전화가 왔다. 그는 회사 주차장에 있다고 했다. 설현서는 수저를 뜨다 말고 밖으로 나갔다. 그러나 행정실장을 만난 반가움은 이내 사라지고 말았다. 그는 황당하여 얼빠진 사람처럼 김완용 앞에 서 있어야 했다. 설현서가 전혀 예상치 못한 이유로 김완용이 그를 찾아왔기 때문이다.

"설 샘, 실은 말이야. 학교가 발칵 뒤집어졌어. 천 교감 심기가 지금 이만저만이 아냐. 갱년기 히스테리도 아니고 말야. 농담이 아니라 어떤 때는 교감이 정말 미친 거 같다니까."

그러고 김완용은 차에서 신문을 가져왔다.

"이것 좀 보시게."

김완용이 설현서에게 건넨 신문의 기사 제목이 꼭 한 달 전 설현서가 SNS에 올린 글의 그것과 똑같았다.

제3자를 동원한 사악한 퇴직 압박

조직문화의 대가 Kchein은 자신의 저서 '조직문화학 원론(2012)'에서 조직의 가치관이 구성원 행동에 영향을 미치는 비가시적 심층 요인이라고 정의했다. Kchein은 조직이 지향하는 바가 이론의 여지 없이 화합과 응집이어야 하며, 그런 경우 조직은 최대 가치의 최대 행복을 창출하게 된다고 주장한다. 그러나 Kchein의 주장과 달리 조직 내 균열과 배제를 조장하는 사례가 우리 사회 곳곳에서 목격되고 있는 것이 현실이다. 직장 내 상사의 갑질과 괴롭힘 행위가 대표적이다. 이와 관련하여 경기 북부에 있는 학교법인 E 학원의 E 고등학교에 재직했던 교사의 SNS 글이 교육계에 반향을 일으키고 있다. E 학원 이사장의 여동생인 E 고등학교의 C 여교감은……

"설 샘, 봐봐! 학교법인이면 사립인 거고 경기 북부에 알파벳 E로 시작하는 고등학교, 게다가 C 여자 교감! 대놓고 은성고라고 말한 거나 진배없지. 신입생 모집에 빨간불 켜진 건 물론이고 교육청에서 감사 감찰 나오겠다고 난리라니까! 그래서 천 교감이 경기 센트럴신문 본사 찾아가서 대판 싸우기도 했어."

김완용은 고개를 절레절레 흔들었다.

"근데 이걸 왜 저한테 보여주는 거죠?"

속으로 뜨끔했지만 설현서는 담담히 물었다.

"설 샘이 기사하고 비슷한 글, SNS에 먼저 올린 거 아니었어?"

"……."

설현서는 침묵했다.

"막무가내로 기자를 찾아간 천 교감이 기자한테 도대체 누구한테 제보받고 기사 썼냐고 따져 물었는데, 기자가 취재 보도 준칙 언급하면서 얘길 안 하더래. 그래서 컴퓨터 선생 있잖아, 윤희경 선생. 천 교감이 윤희경한테 분명히 제보자가 있을 거라면서 어떻게든 제보자를 찾으라고 지시한 거야. 윤희경이 기사에 나오는 수십 개 키워드 추적해서 온갖 웹사이트하고 SNS 뒤졌대. 결국 윤희경이 설 샘 글을 찾은 거지. 설 샘 페이스북하고 DPMR인지 뭔지 거기서. 윤희경이 그러는데 기자가 SNS상에서 사실 확인 다 하고 기사 작성한 것 같다던데?"

"……."

"천 교감 연락은 받았어?"

"아뇨."

"그래?"

김완용은 미심쩍은 표정으로 설현서를 쳐다봤다.

"교감은 당장 설 샘 찾아갈 것처럼 말하더만……. 아무튼 부탁 좀 할게. 그리고 교감이 이거 설 샘 주라더군."

김완용은 명함 한 장을 내밀었다.

"경기 센트럴신문 이슬기 기자……."

"그래 그 기자한테 천 교감이 정정 기사 요청했는데 처음에는 기자가 법원이나 사측에 정정보도 청구하라면서 배 째라는 식이었어. 근데 교감이 신문사 찾아가서 난리 치고 기자한테 전화를 해대서 그런지 기자가 이틀 전에 조건을 제시하더군. 정정 기사 쓰려면 두 가지가 확인돼야 한 대. SNS 글이 사실이 아니라는 증거, 작성자의 사과. 그러니까 SNS 글 작성자인 설 샘 전화 한 통이면 이 일은 깨끗이 해결돼. 그래서 부탁해! 기자한테 연락해서 두 가지 말 좀 해 줘. 하나는 설 샘이 SNS에 올린 글이 사실이 아니라 소설 구상을 위해 작성한 시놉시스 일부라는 거. 다른 하나는 은성고에 찾아가서 사실이 아닌 글로 본의 아니게 학교 측에 폐를 끼쳐서 사과했다는 거. 사과하러 진짜로 학교에 올 필요는 없어. 기자한테 그렇게 말만 해달라는 거니까. 이건 내가 하는 말이 절대 아닐세. 천 교감이 한 말 그대로 전달하는 것뿐이네. 설 샘, 요즘 천방지 교감이 정말이지 제정신이 아냐. 교감 때문에 나도 학교 때려치우고 싶은 마음이 하루에도 열두 번은 더 들어. 아무튼 기자하고 통화한 다음에 나한테 전화나 문자 좀 줘! 겨우 전화 한 통이니까 오늘 중에 안 될까?"

"실장님, 저 들어가야겠어요. 실장님도 그만 가 보세요."

설현서가 돌아섰다.

"설 샘, 천 교감이······."

"천 교감 얘기는 그만하면 안 될까요?"

김완용의 말을 끊은 설현서의 어조는 딱딱했다. 어안이 벙벙하여 할 말을 잊은 김완용은 설현서를 바라만 봤다. 설현서는 다시 돌아서서 회사 현관으로 발걸음을 옮겼다. 그는 계단을 오르다 말고 스마트폰 밴드 앱을 열었다. DPMR 밴드에 업로드한 자신의 글을 검색했다. 댓글 49개. 댓글 작성자 '이슬기'란 이름이 눈에 띄었다. 기자가 어떤 경로로 밴드에 들어왔는지는 알 길이 없었다. 설현서는 기자가 쓴 댓글과 거기에 달린 댓글에 댓글을 읽어 내려갔다.

-**이슬기**: 글이 흥미롭습니다. 근데 추진 과제 4번은 뭔가요?

-**최고래**: 우리 밴드 오프라인 회원에게만 주어진 과제입니다. 'DPMR 오프라인 회원의 보도자료 작성(자신의 직접 경험을 바탕으로), SNS 업로드'

-**이슬기**: 직접 경험?

-**김민초**: 네. 설현서 샘은 은성고등학교 선생님이셨답니다. 이슬기 님 반가워요.

-**이슬기**: 저는 경기 센트럴신문 기자예요. 기삿거리 찾느라 SNS 서핑하다 들어왔는데 욕심나는 글이 많네요.

-**최고래**: 오! 그렇다면 너무 잘 오셨어요. 밴드 글 마구마구 퍼가세

요. 그런다고 뭐라 할 사람 아무도 없습니다.

사무실로 돌아온 설현서의 손에 김완용이 건넨 신문이 있었다. 설현서를 보자 허시아가 말했다.

"설 샘, 밥하고 국이 다 식었을 텐데 국이라도 다시 떠 드릴까요?"

"아뇨, 괜찮아요. 놔두세요."

식당에 들어간 설현서는 먹다 만 점심을 잔반통에 버렸다.

설현서의 아파트

설현서는 밤늦도록 잠을 이루지 못했다. 김완용의 말이 머리에서 떠나지 않았다. '천방지' 이름 석 자는 눈앞에 무시로 출몰했다. 결국 거실에 불을 켜고 탁자 앞에 앉아 노트북을 펼쳤다. 브라우저를 열고 '경기 센트럴신문 이슬기 기자'를 검색했다. 기자가 작성한 뉴스 목록이 주르륵 떴다. '제3자를 동원한 사악한 퇴직 압박' 기사가 눈에 띄었다. 기사를 클릭하고 글을 읽어 내려갔다. 하단에 이슬기 기자의 이메일주소가 있었다.

설현서는 한글 프로그램을 실행하고 보도자료 작성에 들어갔다. 그는 이슬기 기자에게 이메일을 보낼 생각이었다. 제목 '어느 사립고 교사의 의문사'. 지난해 복직을 앞두고 갑자기 사망한 김동화 이야기였다.

'김 형사님, CCTV요……. 그거 확인해 봐야 하지 않을까요? 확인해서 뭐 나오면? 골치 아프다.'

설현서는 김동화 장례식장에서 우연히 들은 경찰관의 대화를 떠올렸다. 그것이 마치 어제 일처럼 생생했다. 그는 수십 차례 수정을 거친 원고를 써 내려가듯 거침없이 보도자료를 작성했다. 아무도 모르게 김동화의 죽음에 오랫동안 의혹을 품은 사람 같았다. 김동화가 세상을 떠난 후 송민성과 자신의 퇴직을 거치면서 품었던 의혹에 확신을 더했을지 모른다. 설현서는 경찰의 미흡한 초동 수사와 김동화 죽음의 원인이 학교 측의 부당한 권고사직이었을 가능성을 지적했다.

'메일 제목: 제3자를 동원한 퇴직 압박... 작성자입니다. 보도자료 첨부.'

설현서는 메일에 연락처를 남겼다.

'보내기' 클릭.

'메일이 정상적으로 전송되었습니다.'

메일 전송을 확인하자마자 설현서는 자신에게 물었다.

'난 왜 이 글을 쓰는 걸까?'

짧은 시간 보도자료와 이메일을 쓰는 내내 설현서가 자문했던 물음이었다.

'부조리한 조직문화 고발! 얼마든지 즐거운 문화를 만들 수 있는데 역행만 하는 조직문화……'

설현서는 메일을 보내고 나서야 자신이 글을 쓴 이유를 깨달은 듯했다. 그는 김완용의 부탁에 응하지 않은 것이다. 아니 천방지의 말대로 하지 않았다.

23.
4천만 원 증발, 기고문

토요일 아침 8시 35분

간밤에 생각이 많았던 탓에 설현서는 평소보다 늦게 눈을 떴다. 아내와 두 딸은 아직 꿈나라다. 샤워를 마친 설현서는 옷을 주섬주섬 챙겨 입었다. 이불속에서 아내가 잠이 덜 깬 목소리로 말했다.

"토요일인데 어디 가?"

"깼어?"

"토요일인데 어디 가냐고?"

"회사에 잠깐 들렀다가 아버지한테 다녀오게."

"뭣 좀 먹고 가."

"알았어."

설현서는 우유 한 잔 마시고 집을 나섰다. 엘리베이터에서 스마트폰을 터치하자 익명의 부재중 전화가 와 있었다. 어제 아침 부재중 전화와 같은 번호였다. 차에 시동을 걸 때는 그 번호로부터 문자가 왔다.

-무포경찰서 심재윤 형사입니다. 설현서 님 맞으시죠? 박신용 씨 관련해서 여쭤볼 게 있습니다.

설현서는 나직이 혼잣말했다.

"경찰서? 박 선생?"

그는 형사에게 전화했다.

"설현서 선생님?"

"네, 안녕하세요."

"안녕하십니까, 무포경찰서 심재윤 형사라고 합니다. 선생님, 제가 선생님 댁 근처에 와 있습니다. 시간 되시면 만나서 얘기 좀 나눴으면 좋겠는데요."

"실례지만 제가 박신용 선생님 관련해서 딱히 드릴 말이 없는데요. 근데 제집 주소는 어떻게 아셨어요?"

"죄송하지만 만나서 말씀드려도 될까요?"

설현서는 형사에게 회사 주소를 알려줬다. 별일이 아니더라도 집 근처에서 형사를 만나는 게 꺼려졌다. 설현서가 회사에 도착했을 때 주차장에는 회색 중형 세단이 있었다. 세단에서 내린 사람은 심재윤 형사였다.

누가 그를 소멸시켰는가

"회사에 들어가서 얘기하시겠어요?"

설현서가 말했다.

"아닙니다. 선생님만 괜찮으시면 저는 여기서 몇 가지 여쭙고 가도 될 거 같습니다."

이후 형사의 질문이 이어졌다. 연이은 질문에 설현서는 불쾌한 기분이 들었다.

"박신용 씨와 같은 학교에서 근무하신 거로 아는데?"

"네. 거의 20년 같이 근무했습니다."

"최근에 언제 만나셨는지? 자주 연락하는 관계는 아닌가 봅니다?"

"한 달 하고 보름 전에 마지막으로 봤고, 자주 연락은 안 합니다."

"제주도 펜션 사업에 투자하신 적은 없으신지? 박신용 씨가 제주 펜션 오픈한 건 아시죠?"

"전혀요. 펜션 얘긴 처음 듣습니다."

"박신용 씨에게 빌려준 돈은 4천만 원이 전부인가요?"

"심재윤 형사님이라고 하셨죠?"

"네."

"제가 형사님들 탐문 방식에 대해선 아는 바가 없습니다만, 무슨 일 때문에 그러시는지 먼저 말씀해 주시면 안 될까요?"

설현서의 말에 불쾌감이 다분했다.

"죄송합니다. 실은 박신용 씨가 어제 새벽 차 안에서 숨진 채로 발

건됐습니다. 차용증이 사인 차량 조수석 글로브박스에 있었습니다."

심 형사가 차용증을 내밀었다. 설현서와 박신용이 작성한 것이었다. 설현서는 가슴이 덜컥 내려앉았다. 정신이 멍해져서 형사의 말이 흐릿했다. 형사의 입은 뭐라 말하는데 음성은 들리지 않았다. 정신을 차리고 설현서가 물었다.

"4천만 원은 어떻게 되는 거죠? 제가 12월, 다 다음 달에 돌려받기로 한 건데요?"

설현서는 박신용의 죽음이 안타깝다는 생각도 없었고 왜 그가 죽었는지 눈곱만큼도 궁금하지 않았다.

"아시겠지만 채무자가 사망했으니까……."

'알긴 뭘 알아? 채무자가 사망하면 그러면 어떻게 된다는 건데?'

설현서는 답답한 속내를 거칠게 내뱉고 싶었다.

"채무자가 사망했으니까 빌려준 돈을 받기는 힘들죠. 박신용 씨가 아내하곤 이혼했고, 아들이 있긴 한데 아들이 채무를 상속받겠어요?"

설현서의 4천만 원이 증발했다는 말이다.

설현서가 정신을 차렸을 때 형사는 가고 없었다. 형사에게 인사를 했을 테지만 설현서는 인사한 기억이 없었다. 스마트폰 수신음이 울렸다. 김완용이었다.

김완용이 전화한 이유는 뻔했다. 설현서가 이슬기 기자에게 연락했는지 알고 싶었을 것이다. 수신 거부를 눌렀지만 또 전화가 왔다. 다시 수신 거부를 눌렀다. 이어서 김완용의 문자가 왔다. 설현서는 그것을 읽지 않은 채 삭제했다.

주차장에 홀로 서 있던 설현서는 문득 출근 이유를 자각했다. 실외 컨테이너 냉동창고를 향해 걸어갔다. 냉동창고는 이상 없이 가동되고 있었다. 설현서는 여러 번 땅이 꺼지도록 한숨을 내쉬었다. 차로 돌아온 설현서가 운전석에 푹 주저앉자 또 문자가 왔다. 김완용의 문자는 아니었다.

[Web발신]
입원 중인 설현범 님의 입원 중간 진료비를 안내하오니 납부 바랍니다. 전일 기준 2,781,540원. ①방문수납: 평일 오전 9시~오후 5시 본관 1층 입/퇴원 창구 ②계좌이체: CDB은행 125-109413-00404(환자명으로 입금 후 확인 연락 바랍니다.)

설현서는 아버지 병원비를 퇴직수당으로 충당하기로 했다. 병원에 확인 전화한 후 스마트뱅킹으로 진료비를 이체했다. 그리고 나니 아버지 병문안 가는 게 주저되었다. 증발한 4천만 원의 충격이 컸다.

설현서가 카페 인연에 도착했을 때 카페는 닫혀 있었다. 실내가 어두웠다. 진에게 문자를 보냈다.

-아직 집이니?

이내 진의 문자가 왔다.

-선배, 저 속초예요. 내일이 아버지 생신이라서 부모님 모시고 1박 2일 여행 왔어요.
-그렇구나.
-선배, 카페에 온 건 아니죠?
-아냐. 옆에 부모님 계실 텐데 메시지 보내서 미안. 부모님과 좋은 시간!

설현서는 진이 부모님과 함께하는 시간을 방해하고 싶지 않았다. 그래서 카페에 있지 않다고 둘러댔다. 그는 집으로 돌아갔다. 집 도착 직전 진이 문자를 보내왔다.

-매직 in 카페. 재밌어요. 선배가 쓴 거죠?
-USB 열어봤구나. 손볼 데가 많아.
-멋진 자작시도 봤어요. 들꽃! 근데 파일 이름이 왜 Last words예요? 유언인 줄······.
-낙서······.

-선배 생각이 바로 느껴져서 저는 좋던데요! 아무튼 울 오빠 출판사 하는 거 알죠? 나중에 엄한 데 원고 투고하지 말고 출간은 저한테 맡겨주세요.

설현서의 아파트

온기가 느껴지지 않았다. 설현서는 거실 TV를 켰다. 시끄러운 TV 소리가 갑갑하게 들렸다. TV를 껐다. 냉장고 문을 열었다. 900ml 우유 팩을 꺼내 우유를 벌컥벌컥 마셨다. 아침에 우유 한 잔, 오후에도 우유로 끼니를 때웠다. 설현서는 얘기할 사람이 필요했다. 누군가에게 오늘 일을 털어놓고 싶었다. 한때 아침마다 같이 산행하던 이상식이 생각났다. 그에게 문자를 보냈다.

-형님, 오늘 저녁에 시간 되세요?
-근무 중

설현서는 이상식의 의도와 상관없이 그의 문자가 서운하게 느껴졌다. 아파트 경비원으로 일하는 이상식은 오늘 비번이 아니었다. 스마트폰 수신음이 울렸다. 팀장 소지연이었다. 설현서는 냉동창고 점검 후에 자기한테 문자든 전화든 하라는 소지연의 말이 생각났다.

"팀장님, 제가 깜박하고 연락 못 했습니다."

"괜찮아요. 이상 없죠?"

"네, 이상 없습니다."

"알겠습니다. 쉬세요."

거실 소파에 앉은 설현서에게 TV 옆 탁상달력이 눈에 띄었다. 달력의 조그만 아라비아 숫자 4, 14, 24……. 4자가 유난히 크게 보였다.

'4천만 원이면 웬만한 직장인 1년 연봉. 4천만 원 증발은 1년이란 시간의 증발이나 마찬가지. 돈을 잃어버리거나 사기당하면 좋은 데 기부했다 생각하고 잊으라는 말, 그거 틀렸다. 어림 반 푼어치도 없는 미친 소리다.'

설현서가 이슬기 기자의 전화를 받은 건 월요일 아침이었다. 암울한 주말이 지나간 직후였다. 엊그제 설현서는 기자에게 메일을 보냈었다. 기자의 전화는 설현서가 보낸 메일에 대한 응답이었다. 기자는 '제3자를 동원한 사악한 퇴직 압박'기사 때문에 은성고등학교 측의 항의가 빗발쳤다고 했다. 설현서가 익히 아는 내용이었다. 뒤늦은 양해를 구하기도 했다. 설현서의 SNS 글 인용에 대한 양해였다. 기자들 사이에선 그런 일이 비일비재하다며 변명을 늘어놓았다.

설현서가 먼저 보도자료 이야기를 꺼냈다. 그가 듣고 싶은 건 이메일에 첨부해 보냈던 보도자료(어느 사립고 교사의 의문사)의 기사화 가능성이지 기자의 변명 따위가 아니었다.

"첨부파일 보셨어요?"

"그럼, 그 얘기 할까요? 보내주신 보도자료가 거의 완벽해요. 교정 없이 기사 승인 떨어질 수 있을 거 같아요."

"……."

"근데, 내용이 객관적 근거에 바탕을 두었다기보다 설현서 님의 주관적 경험에 의한 거잖아요? 그런 경우엔 기고문 형식으로 기사가 나가거든요. 이게 김동화 선생님인가, 그분 사망에 대한 의혹 제기고 경찰의 부실한 초동 수사를 고발하는 글이잖아요?"

"그렇죠."

"그래서 기고문으로 나가야 하는데 그러면 보통 기고자 사진이 실리고 실명이 언급돼요. 괜찮으시겠어요?"

"……."

설현서는 자신의 사진이 실리고 실명이 언급된다는 게 저어되었다.

"설현서 님, 사진은 빼도 괜찮아요. 그치만 실명은 들어가야 해요. 글이 완벽하고 내용도 좋아요. 기고문으로서 더할 나위 없이 좋습니다. 요즘 핫한 갑질 문화에 경종을 울릴 수도 있고 경찰의 재수사 계기가 될 수도 있는 거죠. 다만 보도 직후에 학교 측의 항의가 있긴 할 겁니다. 그치만 항의에 그칠 뿐이지 그쪽에서 기사를 법적으로 문제 삼거나 소송하진 않아요. 소송이란 게 결과와 상관없이 진행 과정에서 기관의 명예에 타격이 크거든요. 경찰은, 보도에 신경도 안 씁니다. 워낙 경찰 질타하는 기사가 난무해서. 설현서 님, 일단 던져보시죠?"

기자가 오히려 보도하자고 설현서를 설득하고 있었다. 설현서는 사진은 빼 달라고 부탁했다. 그러자 기자는 인터넷 신문을 언급했다.

"설현서 님, 종이 신문에 기고문을 실으려면 짧게는 보름, 길면 두 달 가까이 기다리셔야 하는데요. 인터넷 신문에 싣는 건 오늘 오전에 승인 떨어지면 오후 2시 전에 기사가 뜨거든요. 우선 인터넷 신문에 기사 띄우고 차후 종이 신문에 싣는 거 어떨까요?"

"그렇게 해주세요."

기자의 장황한 설명에 비해 설현서의 대답은 간결했다.

"그러면 '어느 사립고 교사의 의문사' 제목 그대로 나갈게요. 기사 뜨면 문자 드리겠습니다."

오후 1시 35분, 기자의 문자가 왔다. 문자에 있던 URL 주소를 클릭하자 '어느 사립고 교사의 의문사' 굵은 기사 제목이 떴다.

어느 사립고 교사의 의문사

설현서 전직 중등교사

경기 북부 E 사립고등학교 교사 김용기(가명)가 집 앞에서 숨진 채 발견된 것이 1년 전이다. 김용기의 머리에서 상처와 출혈이 발견되었고 둔기 가격이 의심됐음에도 경찰은 부검 없이 심장마비로 인한 사망으로 종결지었다. 김용기는 당시 복직을 앞둔 시점이었다. 동료 교사의 증언에 따르면, 상당 기간 동안 김용기는 학교의 사직 권고와 명예퇴직 압박에 시달렸다고 한다. 실제로 김용기가 재직했던 학교에는 최근 2년간 사직하거나 명예퇴직한 교사가 6명에 달했고 그들은 모두 50대 초반의 교사였다. ...... 사실상 학교 운영의 실권을 쥐고 있던 이사장의 여동생인 교감의 횡포는 도가 넘었던 것으로 알려졌다. 이 때문에 해당 학교는 교육청의 감사를 받기도 했다. 이사장과 학교 운영의 실권자 앞에서 김용기 사망의 간접 관련자인 교직원들이 계속 침묵한다면 진실은 침몰할 수 있다. 진실을 침몰하지 않게 하는 것은 살아남은 자의 몫이다.

24.
엄마야 누나야

㈜프린스푸드

　퇴근 무렵 사무실에는 설현서와 서 대표 둘만 있었다. 외근 나간 이 대표와 영업이사는 아직 회사에 복귀하지 않았고 생산직원들은 1층에서 원육 가공 중이었다.

　퇴근 시간 10분 전이었다. 그때 김완용의 전화가 왔다. 설현서는 받지 않았다. 그는 김완용이 아니 천방지가 기사(어느 사립고 교사의 의문사)를 벌써 본 건 아닐까 생각했다. 김완용의 전화가 또 왔다. 전화를 받았다. 지금 회사 주차장에 와 있다는 김완용의 말에도 짐짓 태연한 척 통화했지만, 설현서의 얼굴에 당혹감이 역력했다. 설현서는 서 대표에게 양해를 구하고 10분 일찍 사무실을 나왔다.

　김완용이 설현서를 보고 차에서 내렸다.

　"설 샘, 왜 이렇게 연락이 안 돼요?"

"죄송합니다."

설현서에게 다가온 김완용은 누가 엿들을까 조심하듯 작은 목소리로 말했다.

"설 샘, 천 교감이 같이 왔어. 지금 내 차에 있어."

천방지가 차에서 내렸다. 설현서는 고개만 숙여 인사했다. 천방지가 설현서와 김완용을 향해 걸어왔다. 천방지는 프린스푸드 회사 간판을 올려보며 말했다.

"설 샘, 오랜만이네!"

"……."

"분필 잡던 손으로 피비린내 나는 고깃덩어리나 만져서야……."

천방지는 프린스푸드가 육가공회사인 걸 아는 눈치였다.

"무슨 일로 오셨습니까?"

"근처에 카페 없어요? 조용한 데서 얘기하면 좋겠는데."

"제가 볼일이 있어서 바로 가야 합니다. 그냥 여기서 얘기하시죠?"

설현서는 어색하게 핑계를 댔다.

"할 수 없군. 실장 통해서 내가 부탁한 게 있는데, 그거 들어주는 게 그렇게 힘든가? 오늘 또 이슬기 기자가 이상한 기사를 내보냈던데. 설현서 샘이 기고한 글……. 제목이 아주 가관입니다?"

"……."

"경기 센트럴신문한테 난 요주의 인물이 됐어요. 설 샘이 애써주면 안 될까? 인터넷 기사는 삭제가 쉽지 않나요? 실장님, 그쵸?"

"기사 승인권자가 임의 삭제도 가능하고 기사 수정도 어렵지 않답니다."

"설 샘, 이렇게 합시다. 우리 학교 급식 육류는 설 샘 회사에서 공급받는 거로. 우리가 공급가에 10퍼센트 프리미엄 얹어줄 수 있지. 월 2천만 원이면 2천2백만 원을 우리가 지급하는 거지. 계약서는 작성하기 나름이니까, 차액 2백만 원을 빼서 설 샘 몫으로 하는 건 일도 아니거든. 실장님, 어때요?"

"그러려면 회사하고 이면 계약을 해야 하는데……."

"세상 참 좁아요. 프린스푸드 대표님이 내게 큰오빠 같은 분이에요. 예전에 그 오빠가 아빠 사료공장에서 일했으니까, 인연이 거의 30년 되죠. 아무튼 내년부터 은성고하고 은성중학교 급식 육류는 프린스푸드에서 공급받는 거로. 월 2천이 뭡니까? 3, 4천도 되겠네. 그럼, 월 3, 4백. 1년이면 얼맙니까? 설 샘, 그렇게 해요. 이슬기 기자한테 정정 기사 요청도 해주고 사과문도 설 샘이 써주면 금상첨화지."

"교감 선생님!"

"얘기하세요."

천방지가 이제야 말이 통한다는 듯 눈을 크게 뜨고 설현서를 바라봤다.

"우리 공장에서 원육 가공하고 나면 지방 찌꺼기가 남습니다. 그걸 마대에 담아 냉동 보관하는데, 한 직원이 그걸 쓰레긴 줄 알고 밖에

둔 적이 있습니다. 하루 만에 거기서 구더기가 바글거리고 썩은 내가 진동하더군요. 근데, 교감 선생님 말씀은 그보다 썩은 내가 더 지독하네요. 이만 가 보겠습니다."

김완용은 설현서의 팔뚝만 잡아당기면서 그의 입을 막지 못해 좌불안석이었다. 설현서는 김완용의 손을 뿌리치고 차로 걸어갔다.

"설현서! 그럼 프리미엄은 다른 데 써도 되는 건가?"

설현서의 거절에도 불구하고 천방지는 프린스푸드와 급식 수의 계약을 하겠다는 거였다.

"내가 알 바 아니다."

설현서는 뒤돌아보지 않고 혼잣말했다.

"설현서!"

천방지가 설현서의 등에 대고 소리쳤지만, 설현서는 개의치 않았다. 차에 시동을 걸고 주저 없이 주차장을 벗어나는 그는 룸미러, 사이드미러를 통해서도 단 한 번도 뒤를 보지 않았다.

닷새 후 토요일 아침

서야! 너는 우리가 사람의 진심을 볼 수 있다고 생각하니? 혹시 그런 상상한 적 있니? 출근하는 너의 뒷모습을 바라보는 아내의 눈을, 아빠 병문안 왔다가 병실을 나서는 너의 뒷모습을 바라보는 아빠의 눈을 상상하는 거 말야. 연희, 연재의 뒷모습을 바라보는 너의 마음을 본 적은 있니? 서야, 너의 눈을 바라보는 상대의 눈에는 진심이 담겨 있지 않단다. 진심은 언제나 너의 뒷모습을 바라보는 상대의 눈에 있다는 걸 기억해. 우리는 사람의 진심을 알기 어려워. 그럼에도 아빠는 네가 진심을 보는 사람이 되길 바란다. 서야! 병실이 어둡다. 아빠가 갑자기 환한 산책길을 걷고 싶구나. 아빠 손 좀 잡아줄래?

눈을 떴을 때 설현서는 자신이 꿈을 꾼 걸 깨달았다. 꿈속에서 아버지가 설현서를 향해 손을 내미는 순간 설현서는 눈을 뜨고 말았다. 아버지는 그저께 중환자실에서 간호병동으로 병실을 옮겼다. 담당 의사는 아버지를 간호병동으로 옮기면서 이렇게 말했었다.

"환자분 혈압이 110에서 140으로 들쑥날쑥하고 산소포화도가 불안정합니다. 병실을 옮겨서 좀 더 지켜보는 게 좋을 것 같습니다."

설현서는 지난주 목요일 이후 아버지를 보지 못했다. 그는 오늘은 꼭 아버지가 있는 병원에 갈 생각이었다. 카페 인연에 들를 생각도 했다.

설현서가 옷을 챙겨 입는 소리에 아내가 잠에서 깼다.

"토요일인데 어디 가?"

꼭 일주일 전 아침과 똑같은 상황에 그때와 똑같은 아내의 물음이었다.

"토요일인데 어디 가냐고?"

"아버지 병원에 다녀오게."

"나도 같이 가야 하는데 미안."

그리고 아내는 이불을 당겨 얼굴을 덮었다. 요즘 미대 입시생 개인 지도하느라 눈코 뜰 새 없이 바쁜 아내는 점심때나 일어날 것이다.

설현서는 차를 몰고 미래중앙병원으로 향했다. 5분쯤 지났을까. 이우신의 전화가 왔다.

"안녕하십니까, 대표님."

"설 샘, 쉬는데 미안해요. 부탁 좀 하려고요."

"네, 말씀하세요."

"내가 오늘 냉동창고 점검하는 날인데 인천에 결혼식이 있어서요. 설 샘이 나 대신 창고 좀 보고 오면 안 될까요? 설 샘 집이 회사하고 가까워서 설 샘한테 부탁해요."

"제가 지금 어디 가는 중이라서……."

"그럼, 누구한테 부탁한다……. 설 샘, 오후에는 어때요?"

"오후요? 대표님, 제가 그냥 지금 회사에 들렀다 가겠습니다."

"어디 가는 중이라면서요?"

"지금 막 출발해서요. 괜찮습니다."

설현서는 차를 회사 방향으로 돌렸다. 회사에 들렀다 병원에 가나 바로 가나 별 차이가 없었고 어차피 오후에 들러야 한다면 지금 가는 게 낫다고 생각했다.

그런데 회사에 도착한 설현서가 창고 점검을 할 때 문제가 생겼다. 실외 컨테이너 냉동창고 두 동 중 하나의 온도가 -4℃였다. -30℃여야 정상이었다. 창고 문도 자물쇠가 채워져 있지 않았다. 설현서는 소지연에게 전화했다.

"팀장님, 창고 점검 때문에 출근했는데요."

"설 샘이 왜요? 지난주에 했잖아요?"

"이 대표님 부탁으로 나왔어요. 다음에 저 점검하는 날, 저 대신 이 대표님 넣어주셔야 할 거 같아요."

"네, 알겠어요."

"근데 2번 창고 있잖아요. 온도가 -4℃이고 문도 잠금장치가 안 돼 있어요."

"네? 그럴 리가 없는데. 그러면요, 창고 안 끝에 성에가 두터울지 몰라요. 그거 제거해야 모터가 잘 돌아가고 온도가 빨리 낮아지거든요."

"물건은 괜찮을까요?"

"괜찮길 바라야죠. 지금 다른 창고로 옮길 수도 없잖⋯⋯."

통화 중 설현서의 스마트폰 배터리가 방전됐다. 차 안에서 충전한다는 걸 그는 또 잊었다. 그는 냉동창고 앞에 쪼그려 앉았다. 컨테이니 냉동창고 문을 열려면 세로로 기다란 봉 두 개의 손잡이를 잡고 좌우로 여러 번 돌려야 했다. 봉이 뻑뻑해서 잘 돌아가지 않았다. 그는 뻑뻑한 문을 열고 창고 끝으로 걸어갔다. 좌우에 원육 박스가 쌓여 있어서 통로가 좁았다. 벽과 바닥 어디에도 두꺼운 성에는 보이지 않았다.

"아무렇지 않은데……."

설현서가 저도 모르게 혼잣말하는 순간, 쿵 소리와 함께 창고 안이 순식간에 칠흑같이 어두워졌다. 이어서 끽끽 뻑뻑한 봉이 좌우로 돌아가는 소리가 들렸다. 밖에서 누군가가 문을 잠그는 것이었다. 전혀 예상치 못한 엉뚱한 일이 찰나에 벌어졌다. 바보처럼 서 있던 설현서가 소리쳤다.

"누구야? 누구냐고?"

대답이 없었다. 냉동 모터와 실외기가 동시에 가동되는 소리만이 있었다. 닫힌 문을 안에서 열 수 없다는 사실을 누구보다 잘 아는 설현서였지만, 그는 문을 발로 차고 어깨로 밀어보았다. 소용없는 일이었다. 한 점 빛이라도 있으면 좋으련만 시각에 의존해 무엇을 인지할 수 없었다. 그는 난생처음 느끼는 서늘한 공포감에 휩싸였다.

설현서는 손을 움직였다. 만에 하나 기적을 바라듯 기도하는 마음으로 뒷주머니에서 스마트폰을 꺼냈다. 스마트폰을 두 손으로 감싸고 가슴에 비비기도 하고 만지작대며 다시 전원을 켜려고 애썼다. 먹통이었다. 소리를 지르고 세게 발을 구르면 밖에서 누군가 알 수 있을까? 그러나 프린스푸드는 행인이 오가는 주택가에 있지 않았다. 사방이 공장이고 창고뿐이었다.

설현서는 누군가가 자기를 죽이려 했음을 확신했다. '누가?' 설현서의 머리에 떠오르는 사람은 천방지였다.

설현서는 생각했다. '도대체 뭣 때문에 천방지가 내게 이렇게까지? 인간의 사악함은 정말 상상을 초월하는 걸까? 살인 계획! 그로 인해 천방지가 얻는 게 뭔데? 이성을 깔아뭉개는 사악함! 자신이 저지른 악행을 보고 히죽거리는 사이코패스, 미친년!'

웅웅대며 힘차게 돌아가는 모터 소리에 설현서는 생각을 멈췄다. 생각을 멈추니 추위가 살기처럼 찾아왔다. 온도가 -4℃가 -10℃, 그리고 -30℃까지 곤두박질치는 거 같았다. 설현서가 기댈 곳은 하나밖에 없었다. 설현서와 연락이 닿지 않아서 팀장 소지연이 회사에 오는 것이었다.

'팀장이 아무렇지 않게 여기면 팀장이 오지 않으면 어떡하지?'

설현서는 소지연이 지체 없이 회사를 찾아주길 기도해야 했다.

또 한참의 시간이 흘렀다. 설현서는 몸이 움직여지지 않았다. 자신이 언제부터 바닥에 웅크리고 있었는지 기억조차 없었다. 가까스로 무릎을 펴고 일어섰다. 좌우에 쌓인 박스가 손에 닿았다. 언 손가락으로 종이박스를 뜯어내기 시작했다. 손가락이 고드름 부러지듯 끊어지는 느낌이 들었다. 뜯어낸 종이박스를 바닥에 깔고 머리에 쓰고 몸에 둘렀다. 버텨야 했다. 다시 웅크리고 무릎을 당겨 앉았다.

얼마나 시간이 또 흘렀는지 알 수 없었다. 손이 바닥에 닿았는데 바닥이 불덩이처럼 뜨거웠다. 설현서는 정신이 바짝 들었다. 그리고 깨달았다. 바닥이 뜨거운 게 아니라 감각이 죽어가는 것을.

설현서는 자신이 죽음 문턱에 와 있음을 직감했다. 수많은 얼굴과 이름 그리고 지난 시간이 그의 머릿속을 파노라마처럼 스치고 지나 갔다. 어떤 얼굴과 이름은 눈앞에서 아른거리며 떠나지 않았다. 과거 의 어떤 시간은 지금 같았다. 그는 감긴 눈꺼풀이 떨어지지 않았다. 죽고 싶지 않다! 살고 싶다! 삶에 대한 애착이 너무나 간절해서 속으 로 울음이 폭풍처럼 터졌다. 눈물은 감긴 눈꺼풀을 뚫고 나오지 못한 채 가슴만 타고 흘러내렸다. 한참 울고 나니 폭풍 후의 고요처럼 평 온이 찾아왔다. 설현서는 떨어지지 않는 입술로 노래를 불렀다. 그러 나 끝까지 부르지 못한 채 정신을 잃고 말았다.

'엄마야 누나야 강변 살자

뜰에는 반짝이는 금모래빛

뒷문 밖에는 갈잎의 노래.......'

25.
냉동창고 감금 살인

실외 컨테이너 냉동창고 저녁 7시

　제보자인 프린스푸드 생산부 팀장 소지연과 이야기를 마친 은성경찰서 김 형사와 이 순경은 차를 타고 현장을 빠져나오고 있었다. 감식반 인원과 현장 보존 인력이 현장에 남았다.

　이 순경이 물었다.

　"설마, 심장마비 사망으로 정리하시게요?"

　"또 심장마비 타령이냐? 심장마비로 죽어가는 사람이 종이박스를 바닥에 깔고 몸에 두르고 죽냐? 창고 문 봤지? 여닫기 힘든 거."

　"피해자가 창고에 들어갔을 때 누가 문을 닫아 버린 거네요?"

　"그리고 다시 열어둔 거지."

　"그럼, 범인이 피해자 사망 확인하고 종이박스 치워버렸으면 우리 속을 수도 있었다는 거예요? 와 쩐다."

"근데 넌 젊은 놈이 심하게 단순하다. 사망자 봤지? 잔뜩 몸 웅크린 거? 그깟 종이박스 치웠다고 살인 사건이 덮어질 순 없어. 기레기들 아주 신났구나."

김 형사가 맞은편에서 오는 방송국 차량을 시답잖게 쳐다봤다.

월요일 이른 아침, 은성고등학교 교감실

천방지 옆에 서 있는 김완용의 표정이 몹시 굳었다. 천방지는 노트북으로 어제 보도된 뉴스를 시청하고 있었다.

"경기 북부 한 육가공회사의 냉동창고에서 이 회사 직원 설모 씨가 동사한 채 발견된 시각은 토요일 오후 2시 경이었습니다. 경찰에 따르면 주말 냉동창고 점검을 위해 출근했던 설 씨가 연락되지 않자, 이 회사 생산부 팀장이 회사를 방문했는데 그때는 설 씨가 이미 숨진 뒤였다고 합니다. 영하 30℃ 냉동창고에는 설 씨가 숨지기 직전 골판지 박스를 바닥에 깔고 몸에 두르면서 체온을 유지하려 했던 흔적이 남아있어 보는 이들의 마음을 안타깝게 하고 있습니다. 경찰은 이 사건을 이른바 '냉동창고 감금 살인'으로 규정하고 피해자 주변 탐문수사를 벌이고 있습니다. 현장 감식은 끝났고 피해자의 스마트폰은 현재 디지털 포렌식이 진행 중인 것으로 알려졌습니다.”

“행정실장님!”

“네, 교감 선생님.”

“스마트폰 확보하라고 내가 분명히 말했을 텐데……”

“저도 단단히 얘기했는데…… 어떻게 할까요? 어떻게 해야 합니까?”

“실장님이 긴장했나 봅니다? 나이도 먹을 만큼 먹은 사람이 그러지 마세요. 실장님은 심부름꾼에 불과하잖아요. 혐의가 중대하지 않죠.”

“이우신 대표 전화가 계속 오는데 그건 어떡하죠?”

“받으세요.”

“네?”

“김완용 행정실장님, 난 혐의를 벗기 위해 애쓰지 않아요. 그건 변호사가 할 일이죠. 범행을 자백해야 하는 상황이 오면 그렇게 할 테지만, 난 설레발치며 흔적을 지우려 하지도 않아요. 현실에서 영화 같은 장면을 자꾸 떠올리지 마세요. 네?”

“알겠습니다.”

“한 가지 후회되는 게 있어요. 학교 관련 기사. 고작 지역신문에 난 기사에 내가 과민 반응했어요. 하루 이틀 사람들 입에 오르내리다가

잊힐 거였는데……."

천방지는 허공을 향해 미간을 찌푸렸다.

한강 은혜병원 장례식장 특 1호실 오후 6시

지하 1층 영안실에서 나온 미망인 김미영은 계단을 통해 지상 1층 로비로 올라오고 있었다. 그녀의 가슴에 방금 장례지도사의 말이 화석처럼 남았다.

'고인이 팔다리를 펴고 편안히 눕는데 꼬박 하루가 걸렸습니다. 영안실 온도를 조절하고 담요로 고인의 몸을 닦고 문지르길 반복했습니다. 다행히 내일 오전 입관이 가능합니다.'

꽁꽁 얼어붙은 설현서의 웅크린 몸 때문에 장례 절차가 지연된 것이다.

로비 중앙으로 걸어오는 김미영에게 두 남자가 다가왔다. 은성경찰서 김 형사와 이 순경이었다.

"뭐라 드릴 말이 없습니다. 고인의 스마트폰입니다. 협조해 주서서 감사합니다."

김 형사가 투명 지퍼백에 담긴 스마트폰을 김미영에게 건넸다. 김미영은 말없이 특 1호실로 발걸음을 옮겼다.

"김 형사님……!"

발걸음을 옮기던 김미영이 돌아서서 나직이 김 형사를 불렀다.

"수사는 어떻게 되고 있는지, 알 수 있을까요? 진척이 있나 싶어서요."

"말씀드리기 이르지만, 고인의 스마트폰 포렌식 결과 유의미한 단서가 확보됐습니다. 수사가 지연되진 않을 겁니다."

김 형사가 대답했다.

로비 중앙에서 대화하는 세 사람 옆을 은성고등학교 고영민과 이성현이 지나쳤다. 이성현은 두 남자를 눈여겨보는 듯했다. 고영민과 이성현은 장례식장 입구에서 검은 상복을 입은 설현서의 딸에게 목례하고 영정 앞에 헌화했다. 서너 개를 제외하고 텅 빈 접객실 테이블 때문에 설현서 유족의 모습이 더없이 쓸쓸해 보였다. 이성현은 테이블 앞에 앉자마자 자리에서 일어났다.

"고 부장님, 저 잠깐 나갔다 오겠습니다."

"화장실?"

"아뇨. 금방 올게요."

로비를 둘러보더니 현관 밖으로 나간 이성현은 아까 로비 중앙에 있던 남자를 보고 그에게 다가갔다.

"실례지만 경찰서에서 나오셨죠?"

"네, 무슨 일이시죠?"

김 형사가 말했다.

"은성고 교사 이성현이라고 하는데요. 설현서 선생님 후배입니다. 뭣 좀 여쭤보고 싶은 게 있어서요."

"……."

"뭐라고 말씀드려야 하지……. 1년이 지난 A라는 사람의 머리카락이나 혈흔이 있다, 가정하고요. 그게 A의 머리카락과 혈흔이라는 걸 밝힐 수 있을까요?"

"생물 선생님이세요?"

김 형사가 웃으며 물었다.

"사회 교사예요."

"……머리카락은 모근이 있으면 가능하고요. 혈흔은 오염되지 않은 이상 증거로 쓰이죠."

"1년이 지났어도요?"

"네."

김 형사는 귀찮은 듯 대답이 짧았다.

"저 이상하게 생각하지 마세요. 학생들이 워낙 CSI 과학수사대 그런 얘길 좋아해서요. 수업 시간에 써먹으려고……."

"아, 네."

"DNA 일치 여부는 금방 확인이 됩니까?"

"긴급성에 따라 다르죠. 국과수에 맡기면 긴급한 건 하루 만에도 나옵니다. 친구 중에 경찰 없어요? 친구한테 물어보면 되는 걸……."

김 형사가 이성현을 위아래로 훑어보며 말했다.

"저도 경찰 친구가 있으면 좋겠어요. 말씀 감사합니다. 저기 명함 하나 얻을 수 있을까요?"

"은성고 교사라고 하셨죠?"

"네."

"선생님 먼저 명함 줘 보시겠어요?"

"저는 명함이 없는데…… 이거라도 받으세요."

이성현은 김 형사에게 아이스크림 스탬프 쿠폰에 이름과 전화번호를 적어 주었고 김 형사는 지갑에서 명함 한 장을 꺼냈다.

"참 성가신 사람이네."

김 형사가 이성현의 뒷모습을 보며 말했다.

"김 형사님, 안 가십니까?"

이 순경이 차를 김 형사 앞에 대고 재촉했다.

"가자. 근데 어차피 난 야근이다."

장례식장 접객실 테이블이 하나둘 조문객들로 채워졌다. 은성고 교사들 대부분이 왔지만 천방지는 보이지 않았다.

여학생 세 명이 장례식장 입구에서 눈시울을 붉히면서 우물쭈물하는 모습이 이성현의 눈에 띄었다. 이성현이 입구로 가서 학생들을 다독여 주었다. 학생들은 은성고 문예 창작동아리 삼총사, 예린, 혜자, 현주였다. 셋은 설현서의 영정 사진을 보자 눈물이 터지고 말았다.

이성현의 도움으로 문창동아리 삼총사는 가져온 책 한 권을 영정 앞에 올려놓았다. 동아리 1호 문예지 '바람'이었다. 은성고 재직 시, 문창동아리 담당 교사였던 설현서에게 학생들이 전하는 마음이었다. 예린은 설현서의 아내에게 문예지에 얽힌 이야기를 했다.

"선생님 덕분에 문예지 발간하게 된 거예요. 사실 여름방학 전에 만들었어야 했는데, 그랬으면 선생님이 바람을 보실 수 있었을 텐데……."

울먹이는 예린을 김미영이 안아주었다. 학생들이 첫째 딸 연희처럼 수능을 일주일 앞둔 고3 수험생이라는 말에 김미영은 학생들이 더 고마웠다. 학생들은 이성현과 함께 접객실 테이블로 갔고 김미영은 영정 앞에 놓인 문예지를 물끄러미 보다가 책 표지에 손을 가져갔다. 그녀는 제목 밑에 글귀를 마음으로 읽었다.

'바람은 공기처럼 우리 곁에 있지만 공기와 달리 늘 우리를 자극하고 우리에게 영감을 줍니다. 여기 담긴 글이 여러분에게 바람이길 소망합니다.'

이성현이 테이블로 돌아왔을 때 교무부장 이진종이 고영민 옆에 앉아 있었다. 이진종이 이성현에게 술을 권했으나 이성현은 알코올 알레르기 때문에 술을 못 마신다며 사양했다. 그때 창가 테이블에서 소란이 벌어졌다. 만취한 어떤 남자가 갑자기 일어나서 언성을 높이는 것이었다. 그는 중국말로 떠들어댔다.

"쑨닝, 나가서 얘기하자!"

프린스푸드 서 대표와 덩치 큰 허시아가 쑨닝을 데리고 밖으로 나갔다. 현관 밖으로 나가자 쑨닝이 다시 떠들기 시작했다. 이번엔 중국말이 아니었다.

"서 대표님, 이 대표가요. 저한테 오백 줄 테니까, 시키는 대로 하라고⋯⋯. 근데 그게 설 샘이 창고 들어갔을 때, 문을 닫아 버리라는 거였어요. 중국에서 그런 짓 하면 사형감이거든요. 겨우 오백에 제가 그런 몹쓸 짓을 하겠냐고요? 중국 사람이라고 저를 아주 깔보는데요. 그럼 안 되는 거잖아요?"

쑨닝의 말을 듣던 서 대표와 허시아는 서로를 쳐다보며 몸이 굳어 버렸고 만취한 쑨닝은 바닥에 널브러졌다. 서 대표는 곧바로 택시를 불렀다.

허시아가 말했다.

"서 대표님, 일단 신고는 해야 하지 않을까요?"

"사실이 아니면?"

"사실인지 아닌지는 경찰이 알아서 밝히겠죠. 아니 근데 없는 말을 쑨닝이 저렇게 지어낼 수 있을까요?"

"이 대표가 도대체 왜 그랬을까?"

"그거야 알 수 없죠. 한 길 사람 속은 모른다잖아요. 오늘 이 대표님이 안 오신 것도 저는 솔직히 이상했어요."

"경찰서 가서 신고해야 하나?"

"대표님, 뭐 하러 경찰서까지 가요. 112에 신고하면 되죠."

얼마 후 장례식장 주차장으로 택시가 들어왔다. 서 대표는 쏜닝을 택시에 태워 그의 집으로 보냈다.

26.
사건의 전말

은성경찰서 1층 밤 10시

야근 중인 김 형사는 걸려 온 전화를 끊고 밖으로 나갔다. 주차장
에는 장례식장에서 김 형사에게 질문을 쏟아냈던 이성현이 있었다.

"죄송합니다. 나오시게 해서."

이성현은 서글서글한 미소를 지었다.

"제보할 게 있다면서요?"

이성현은 대답 대신 자신의 차 트렁크에서 검은 비닐봉지로 밀봉한
물건을 꺼내왔다. 김 형사는 이성현을 1층 형사팀으로 안내했다.

사무실에 들어선 김 형사는 이성현이 자신의 책상 옆자리에 앉게
했다. 이성현은 상기된 얼굴로 김 형사를 바라봤다. 주차장에서의 모
습과 달랐다. 사실 그는 지난 1년간 경찰서에 발을 디뎌놓는 상상을
수없이 했었다. 마침내 경찰서 문턱을 넘자 그는 기분이 묘했다. 이성

현은 김 형사에게 1년 2개월 전 이야기, 김동화의 죽음을 소환했다.

"기억납니다. 그분도 은성고 교사였죠?"

김 형사는 김동화라는 이름은 잊었어도 그가 은성고 교사였다는 건 기억하고 있었다. 당시 사건을 심장마비 사망으로 종결지은 이가 김 형사였다. 이성현은 가져온 물건을 책상 위에 올려놓았다.

"형사님, 이건 제가 거의 1년 동안 보관한 겁니다."

"야구 배트네요."

김 형사는 다소 무관심한 태도로 검은 비닐봉지 안을 들여다봤다.

이성현은 지난해 김동화의 집 앞에 갔던 일과 자신이 목격한 것을 가감 없이 말하려고 애썼다.

"쓰러진 김동화 선생님에게 달려가서 저는 심폐소생술을 시도했었습니다. 그때 석일이가 이 야구 배트로 선생님의 머리를……. 야구 배트에 혈흔도 남아있고 머리카락도 묻어 있습니다. 가족이 선생님의 유품을 보관하고 있다면 김동화 선생님 자택에 선생님의 옷, 선생님이 쓰시던 머리빗이나 물건에 머리카락이 남아있지 않을까요?"

이성현은 말하면서 자기도 모르게 점점 흥분했다.

"선생님, 진정하세요. 그건 좀 신중할 필요가 있어요. 그때는 형사 사건도 아니었고 이미 1년이 지난 데다 김동화 선생님 가족에게 또 상처를 줄 수 있어서. 근데 석일이란 사람이 행정 주무관인 거죠?"

"네."

"주무관이 김동화 선생에게 왜 그런 짓을?"

"가스라이팅 같아요. 석일이는 지적장애가 있어요."

"잠깐만요. 확인 좀 합시다. 가스라이팅 주체는 누군지? 가스라이팅이라고 생각하는 근거는 있는 거죠? 김동화 선생님이 타깃이 된 것도, 선생님과 천석일 주무관의 관계도 궁금하고. 선생님이 인제 와서왜 제보를? 이 야구 배트는 어떻게 확보했는지?"

김 형사는 정말 알고 싶어서라기보다 대답 못 할 거면 썩 나가라는투로 질문을 퍼부었다. 그럼에도 눈이 동그래진 이성현은 김 형사의대여섯 가지 물음에 착한 학생처럼 하나하나 답하기 시작했다.

"석일이는 제 외사촌 동생이에요. 천방지 교감 쌤이 저한테는 이모고 석일이한테는 고모죠. 석일이는 고모가 하는 말이라면 무슨 계시처럼 생각하는 애예요. 이해는 가요. 고모 아니었으면 행정실 주무관은커녕 어디 가서 사람 구실 못 할 아이니까. 언제부턴지 모르지만 고모가 석일이한테 폭행, 피습, 살해, 테러, 혐오 사건 뉴스를 문자로 보냈어요. 지속적으로요. 석일이 마음속에 있을 수 있는 폭력성에 불을지피는 작업 같았어요. 그리고, 사건이 벌어진 거죠. 교감 선생님의갑질은 선생님들이 쉬쉬해서 그렇지, 우리 학교에선 모르는 사람이없을 거예요. 50대 이상 교사에게 별다른 이유 없이 퇴직을 권고하기도 했어요. 그것도 알고 보니 한두 명에게 그런 게 아니라서……. 그렇다고 테러를 사주했을까? 과한 상상일 수 있지만 의심이 제로일 수는 없잖아요? 하여간 석일이가 야구 배트를 자기 차 트렁크에 뒀는데, 사건이 있은 며칠 후 석일이 차에서 제가 그걸 꺼냈어요. 걔는 뭐가 없어져도 잘 몰라요. 제 생각인데요, 설현서 선생님 사건도 교감 선생님하고 석일이가 연관되어 있지 않을까요? 이 야구 배트에 묻어 있는 머리카락이 김동화 선생님 머리카락하고 일치하면 제 생각이 개연성 있는 거 아닌가요?"

"이성현 선생님이라고 하셨죠?"

긴 형사의 표정이 진지해졌다.

"네."

"선생님 이야기가 도움이 될 거 같은데요? 덕분에 수사선상에 없던 인물이 등장했습니다."

"누구?"

"선생님 외사촌."

그때 김 형사에게 내선전화가 왔다.

"감사합니다, 은성경찰서 김지원 형삽니다."

112 상황실에서 걸려 온 전화였다. 냉동창고 감금 살인 관련 제보 전화가 있었고 제보자가 자기 전화번호를 남겼다는 것이다. 김 형사는 제보자의 전화번호를 받아 적었다.

김 형사는 즉시 제보자에게 전화했다. 제보자는 프린스푸드 대표 서영희였다. 통화를 마친 김 형사는 한 번 피식 웃었다.

"죽은 사람에게도 복이 있다! 우리 형사들이 하는 말입니다. 형사사건에서 목격자나 관련자의 제보는 가뭄의 단비 같은 거죠. 선생님, 제가 드린 질문 중 하나가 충족이 안 돼서 그런데요. 이상하게 생각하진 마시고요. 인제 와서 제보하는 이유가……? 1년 동안 야구 배트를 보관했다는 것도 납득이 안 가고. 선생님 때문에 이모하고 외사촌이 유력한 혐의자로 지목되는 건데 여기 경찰서까지 와서……."

"설마, 저를 의심하시는 건 아니죠?"

"……"

"……학부 때 범죄심리학 강의 들은 적이 있습니다. 교수님이 그러셨어요. '사람에겐 얼굴에 있는 눈 말고 눈이 하나 더 있다. 마음의 눈! 그건 양심이다. 쫓기는 범인이 불안하고 초조한 건 마음의 눈이 범행 일체를 지켜봤고 양심이란 제보자가 범인의 마음속에 있기 때문이다. 그래서 도주하던 범인이 잡히는 순간, 범인은 불안이 해소되어 오히려 평안을 찾는 이유이다.' 저는 범인은 아니지만 뭔가 중요한 걸 아는 사람으로서 침묵하는 게 불안했던 거 같습니다. 지금은 정말 그렇지 않아요. 마음이 후련합니다."

이성현이 뿌듯한 표정을 지었다.

"누가 선생 아니랄까 봐. 교장 선생님 훈화 같은 말을……."

김 형사가 혼잣말하듯 내뱉었다.

"네?"

"아무것도 아닙니다."

"제보자 신원 확인은 안 하나요?"

이성현이 손으로 자신을 가리켰다.

"은성고 선생님, 아까 선생님이 저한테 전화하지 않았어요? 여기다가도 전화번호, 성함 적어줬고요. 나중에 연락드리겠습니다."

김 형사가 아이스크림 스탬프 쿠폰을 들어 보였다.

이성현이 시계를 내려다봤다.

"김 형사님, 시간이 벌써 11시네요. 이만 돌아가도 될까요?"

"네, 그러시죠."

11월 9일 은성경찰서 조서실

김 형사 앞에서 허탈한 표정을 짓고 있는 사람은 프린스푸드 대표 이우신이었다.

"김 형사님, 국과수 감식 결과 나왔습니다. 불일치입니다."

이 순경이 조서실 문을 열고 들어와서 감식 결과 보고서를 김 형사 앞에 내려놓았다. 김 형사는 나흘 전에 이성현이 가져온 야구 배트에 묻은 머리카락과 김동화 자택에서 채취한 머리카락 샘플을 국과수에 감식 의뢰했었다. 결과는 이 순경의 예상대로였다.

"김 형사님, 제가 말씀드렸잖습니까? 일치할 리 없다고……."

"이 순경, 어차피 그거 필요 없어. 이 어르신이 다 불었다."

김 형사가 눈으로 이우신을 가리켰다.

"형사님, 저는 얼마나 감형받을 수 있습니까?"

이우신은 얼굴을 김 형사 가까이 들이댔다.

"정확히는 모르죠. 그러나 죄를 자백하면 감형받는 건 분명하다. 또 하나, 수사에 적극 협조하면 또 다른 감형 사유가 될 수 있다."

김 형사가 국어 교과서 읽듯 말했다.

"……"

"이 대표님 죄가 작지 않아요."

이우신이 말이 없자 김 형사가 그를 압박했다.

"따지고 보면 제가 한 거라곤, 전화번호 하나 행정실장한테 준 게 다 아닙니까?"

"조선족 살해청부업자 브로커 알선, 브로커에게 금품 송금, 피해자 현장 유인! 당신이 설현서한테 전화해서 범행 장소로 유인한 거 아냐?"

"……그럼, 어떤 협조를 말씀하시는 건지?"

"브로커 만나세요."

"네?"

"착수금만 줬다면서요? 잔금 받으러 오라 하세요. 장소하고 시간은 브로커가 원하는 대로 브로커가 의심하지 않게. 혹시 계좌 이체해달라 하면 보낸 사람 받는 사람 다 계좌 추적된다고 둘러대시고. 사건 해결은 시간문젭니다. 조속히 해결되면 누이 좋고 매부 좋고. 이 순경, 이분 박 형사한테 인계하고 따라 나와."

"어디 가시게요?"

"몰라? 정말 몰라?"

은성고등학교 오전 11시

경찰승합차를 포함한 총 세 대의 차량이 은성고에 진입했다. 김 형사가 제복 입은 경찰과 함께 학교 건물 안으로 들어가려는 최 형사를 제지했다.

"최 형사, 학생들 수업 중이니까 사복경찰 최소 인원만 들어가자. 나머진 차에서 대기. 최 형사, 이 순경은 행정실, 난 교감실. 혐의자 데리고 나올 때도 수갑은 채우지 말고. 가급적 정숙!"

최 형사와 이 순경이 김 형사와 눈이 마주치자, 고개를 끄덕였다. 잠시 후 김 형사가 교감실에 들어섰다.

"은성경찰서 김지원 형삽니다. 교감 샘이시죠? 지난 11월 3일 프린스푸드에서 발생한 살인사건과 관련하여 교감 샘을 살인 교사 혐의로 체포합니다. 묵비권을 행사할 수……."

"김지원 형사님! 미란다 원칙은 차에서 말씀하시든가 아니면 생략

하시죠?"

천방지는 자리에서 일어나서 원목 스탠드 옷걸이로 걸어갔다. 그녀는 옷걸이에 걸린 검은색 롱코트를 입고 김 형사 옆을 지나쳤다. 천방지의 당당한 행동이 의아했지만 김 형사는 개의치 않고 꿋꿋이 미란다 원칙을 말했다.

천방지가 교감실 문손잡이에 손을 올려놓은 채 멈춰 섰다.

"내 정신 좀 봐!"

천방지는 책상으로 돌아가서 노트북 전원을 끄고 신고 있던 실내화를 롱부츠로 갈아 신으려고 했다. 그런데 신발을 갈아 신던 천방지가 갑자기 바닥에 철퍼덕 앉아서 잠시 흐느끼더니 대성통곡하기 시작했다. 조금 전 당당했던 천방지의 모습은 온데간데없었다. 당황한 김 형사가 천방지에게 다가갔다.

"모든 게 학교를 위해서였다고요. 정말 사람을 죽일 생각은 추호도 없었어요. 어떻게 하면 죄를 조금이라도 면할 수 있을까요? 잘못을 인정하면 될까요? 김지원 형사님이라고 하셨죠? 시키는 대로 할 테니 방법 좀 말씀해 주세요. 제발!"

천방지는 김 형사의 바짓가랑이를 잡고 애걸복걸했다. 할 말을 잃은 김 형사는 이 순경에게 전화했다.

"어, 난데. 교감실로 두 명만 보내!"

천방지의 눈가와 뺨이 거무스레하게 마스카라 자국으로 얼룩졌다.

천방지는 경찰에게 팔짱이 끼인 채 교감실 밖으로 끌려 나갔다. 그 모습을 본 교사들 일부는 놀라서 입을 다물지 못한 채 자리에서 일어났고 일부는 시선을 돌려 외면했다. 이 순경은 천방지를 경찰승합차 앞까지 끌고 갔다. 승합차 문을 여는 순간 천방지는 한 사람과 눈이 마주쳤다. 행정실장 김완용이었다.

며칠 후 김 형사는 김미영에게 문자를 보냈다.

-사모님, 혐의자 다섯 명 중 네 명이 구속, 기소됐습니다. 천방지(살인 교사). 김완용과 이우신(살인 예비음모), 조선족 브로커 이명석(살인 예비). 살인 혐의자는 지명수배 중입니다. 조만간 언론을 통해서도 아시게 될 겁니다. 담당 형사로서 먼저 알려드립니다. 궁금한 게 있으시면 언제든지 연락 주십시오.

그로부터 정확히 일주일 후 김 형사는 김미영에게 또 하나의 문자를 보냈다.

-살인 용의자가 붙잡혔고 그가 범행 일체를 자백했습니다. 이로써 사건 관련자 다섯 명 모두 구속, 기소됐습니다. 조금이나마 마음에 위안이 되길 바랍니다.

27.
아빠의 유산

11월 21일 카페 인연

"냉동창고 감금 살인으로 알려진 사건이 조선족을 동원한 청부 살인으로 밝혀져 충격을 더해 주고 있습니다. 사건은 브로커의 자백과 브로커를 유인책으로 활용한 경찰의 기지와 신속한 수사로 보름 만에 범인을 붙잡을 수 있었습니다. 이병욱 기자입니다.

경찰이 냉동창고 감금 살인 직후 프린스푸드 대표 이 모 씨를 긴급체포한 것이 지난 9일이었습니다. 같은 날 E 고등학교에서는 살인 교사 혐의와 살인 예비음모 혐의로 두 명이 추가로 체포되었는데요. 충격적인 것은 살인 교사자가 현직 교감이라는 겁니다……"

카운터 뒤에서 유튜브로 뉴스를 시청하던 진이 멍하니 창밖을 응시했다. 그렇게 십여 분이 지날 즈음 그녀는 오빠 김윤식에게 전화를 걸었다.

"오빠, 검토해 봤어?"

열흘 전 진은 '매직 in 카페' 원고 파일을 파주에서 출판사를 운영하는 오빠에게 보냈었다.

"읽어는 봤는데……"

"근데?"

"최근에 출간한 책들이 신통치 않아. 출간한 책들이 손익분기점을 넘기게 되면 그때 생각해 보자."

"그게 언제쯤인데?"

"진아, 사실 등단한 작가 소설도 잘 팔리지 않는 거 너도 알잖아? 시집은 채 50권도 안 팔리고. 출판계에서 문학은 죽었다는 말이 나온 게 십 년이 넘었다. 네 부탁 아니었으면 오빠가 소설 원고를 읽었겠니?"

"내가 출판 비용 보태는 건 어떨까?"

"저자 죽었다며? 네가 왜 그러는지 모르겠지만 계약서 작성할 때 문제가 돼. 진아, 그러지 말고 이렇게 해."

"……"

"오빠가 자비 출판사 한군데 알려줄게. 거긴 인쇄 제작 단계에서 외주를 주지 않고 회사 보유 장비로 직접 제작하는 곳이야. 발행 부수도 최소화하고 주문 즉시 제작하는 방식이라 출판비 거품을 쏙 뺐다고 보면 돼. 그래서 비용이 꽤 합리적이야."

"서점 유통도 해주나?"

"판매유통물류비용 무료. 오빠가 출판사 웹사이트 문자로 보낼 테니까 저자 가족한테 알려줘. 저자의 저작권이 거기에 있으니까. 그리고……."

"……."

"설현서라고 했지?"

"응."

"등단해서 활동했으면 좋은 작가가 됐을 거 같더라. 글에 감성적인 요소가 돋보이고, 첫 페이지부터 마지막 페이지까지 리듬감이 느껴져서 지루하지 않았어. 괜찮은 작가가 될 수 있었을 텐데 안타깝다."

12월 24일 오후 설현서의 아파트

침대 등받이에 기댄 채 눈을 감고 있던 김미영이 스마트폰 진동음에 눈을 떴다. 문자 수신 알림 진동음이었다. 은성고등학교 교무부장의 긴 문자였다.

-안녕하십니까, 은성고 교무부장 이진종이라고 합니다.

-전화를 드릴까 하다가 이렇게 문자를 남깁니다.

-사모님께 말씀드려야 할 것 같아서요.

-2주 전, 교육청이 은성고에 관선이사 파견을 결정했습니다.

-임시 이사회는 학교의 조직문화 개선에 방점을 찍고 학교 정상화에 힘쓰기로 했습니다.

-연 1회 실시하던 갑질 및 직장 내 괴롭힘 예방 교육이 내년부터 연 2회로 늘어나게 되었습니다.

-실질적인 교육이 될 수 있도록 교육청의 감독이 강화될 계획이고, 대상은 경기도 전체 교육기관으로 확대될 예정입니다.

-은성고 교사들 모두, 학교 정상화와 갑질 및 직장 내 괴롭힘 예방 교육의 개선이 설 부장님의 유산이라고 생각하고 있습니다.

-우리 선생님들이 한마음으로 설 부장님께 고개 숙여 감사드립니다.

김미영은 남편의 죽음이 헛되지 않았구나 하면서도 그게 지금 무슨 소용이 있나 싶었다. 허망함이 밀려와서 눈물이 글썽여졌다.

집 앞 편의점에 다녀오는 연재는 매운 컵라면과 작은 우체국 택배 상자를 들고 있었다. 현관 앞에 놓인 택배를 무심코 집어 들었는데 아빠에게 온 것이었다. 연재는 택배를 식탁에 올려놓으며 크게 말했다.

"아빠 이름으로 택배 왔어! 누가 나와서 열어봐!"

아무 반응이 없자 천성이 괄괄한 연재는 더 크게 말했다.

"엄마! 언니! 이불 뒤집어쓰고 누워만 있지 말고 나와보라니까!"

김미영은 스마트폰을 내려놓고 침대 옆에 있는 갑티슈 두 장을 연거푸 뽑아 눈물을 닦았다. 그녀는 마음을 추스르며 거실로 나왔다.

"엄마가 열어볼게."

상자 안에 든 건 한 개의 USB와 카드 한 장이었다. USB는 파손되지 않도록 종이와 비닐 완충재로 겹겹이 싸여 있었다. 보낸 이의 마음이 느껴졌다. 김미영이 USB와 카드를 집어 들자 연재는 냉큼 빈 상자를 현관 앞 재활용 분리수거함에 버리러 나갔다. 연희는 방 안에서 무엇을 하는지 나오지 않았다.

김미영이 카드를 펼쳤다.

안녕하세요.

설 선배님 대학 후배 김진이라고 합니다.

선배님이 출판사 편집부에서 일한 경험이 있는 제게 USB를 맡기면서 원고 교정을 부탁했었습니다.

USB에는 선배님의 소설 원고 파일이 있습니다. 외람된 말이지만 선배님을 기리는 뜻에서 원고를 출판한다면 가족에게도 위안이 될 수 있겠다는 생각을 해봅니다.

참고로, 합리적인 비용으로 책을 인쇄 제작해 주는 출판사가 있어 말씀드립니다.

인터넷에서 '스카이북스 출판사'를 검색하시면 됩니다.

한 가지 더 드릴 말씀이 있습니다. 사실 원고는 출판 관계자의 검토를 거쳤습니다. 출판사 측에서 말하길, 선배님의 소설이 감성적인 요소가 돋보이고 처음부터 끝까지 줄곧 흥미진진하다는 찬사를 아끼지 않았습니다. 선배님이 살아계셨다면 더 좋은 소설을 쓰실 수 있었을 텐데 안타깝습니다.

삼가 고인의 명복을 빕니다.

김진 드림

김미영은 고마운 마음에 가슴이 울컥했다. 남편의 대학 후배라는 사람의 글에서 따뜻한 마음이 느껴졌다.

김미영은 USB와 카드를 손에 든 채 인기척이 없는 연희 방으로 갔다. 노크해도 대답이 없어서 문을 열었다. 연희는 오래된 앨범을 펼쳐 보고 있었다. 김미영은 그럴 거라고 예상한 듯 살며시 미소가 지어졌다. 그런데 연희는 구슬 같은 눈물방울을 떨어트리고 있었다.

"엄마, 이거 아빠가 쓴 거 아냐?"

연희는 할머니의 흑백사진을 들어 보였다. 연희가 사진 뒷면에 쓰인 한 문장을 떨리는 목소리로 읽었다.

"지나간 후에 사랑을 깨닫듯 슬픔은 더디게 온다."

김미영도 금세 눈물을 글썽였다. 쥐고 있던 USB와 카드를 연희 책상 위에 내려놓은 김미영은 연희를 안아주었다. 남편의 장례를 치르면서 그렇게 눈물을 흘렸건만 그때와는 다른 남편의 부재, 아이들 아빠의 부재가 가슴에 와닿았다. 그사이 연재는 엄마와 언니를 지켜보고 있었다. 아빠가 떠난 후에도 내내 꿋꿋했던 연재가 어린아이처럼 주저앉아 버렸다. 눈물도 전염되는지 연재는 그만 울음을 터트렸고 속상해하며 말했다.

"이거 버리려고 했는데 이게 뭐라고 버리질 못하겠는 거야. 아빠 이름으로 온 마지막 택배 상자 같아서……."

연재는 상자를 재활용 수거함에 버리지 못하고 다시 가지고 들어온 것이다.

얼마 후 마음이 진정된 세 모녀는 연희 방에 있었다. 엄마와 연재는 침대에 걸터앉았고 연희는 책상 앞에 앉았다.

"엄마는 슬프지만 고맙기도 해. 지금 우리 셋이 마주하고 앉은 것도 아까 셋이 부둥켜안고 운 것도 고맙더라. 장례식장에서 몇 날 며칠 함께 있었던 시간도 엄마는 고마웠어. 그동안 엄마가 바쁘고 피곤하단 핑계로 우리 가족이 함께하는 시간이 너무 없었어. 함께 있으면서도 함께 있는 거 같지 않았잖아."

"엄마, 그건 우리 잘못도 있어."

누가 그를 소멸시켰는가

"언니 말이 맞아. 나도 잘못했지."

두 딸의 말에 김미영은 눈시울이 다시 붉어졌다.

"엄마가 우리 딸한테 미안하고 아빠한테도 미안해. 근데 아빠가 우리 셋을 하나로 단단히 묶어주는 거 같지 않니?"

연희와 연재가 입을 꾹 다문 채 고개를 끄덕였다.

마음이 조금 진정된 듯한 연희의 얼굴을 보며 김미영이 말했다.

"연희야, 거기 책상 위에 카드 읽어볼래?"

카드를 펼쳐 한줄 한줄 읽어 내려가던 연희가 물었다.

"엄마, 그럼 이거 아빠 USB네?"

"응. 거기에 아빠가 쓴 소설 원고 저장돼 있대."

"아빠 소설이 꽤 괜찮았나 봐. 아빠가 살아계셨으면 더 좋은 소설을 썼을 거라는데? 엄마, 이거 나랑 연재가 갖고 있을게."

"그럴래? 그렇게 해."

"엄마, 오늘 크리스마스이브인데 우리 집은 크리스마스 분위기 아닌 거 알아? 나 어제부터 말하고 싶었어."

연재가 애써 웃음 지으며 말한다는 걸 김미영도 연희도 알고 있었다.

"그럼, 우리 저녁 외식하고 쇼핑도 할까?"

김미영이 말했다.

세 모녀는 세수하고 옷 갈아입고 머리를 빗으며 분주히 움직였다.

28.
들꽃

설현서의 아버지가 세상을 떠난 지 한 달 되었다. 외동아들의 사망 석 달 만이었다. 김미영은 시아버지의 임종을 지켜보진 못했다. 그러나 임종 일주일 전에 두 딸과 함께 시아버지를 보았고 임종 전 3개월 동안 자주 요양병원을 찾아갔던 것이 그녀에게 그나마 위안이었다.

김미영은 시아버지 얼굴 보기가 괴로웠다. 날로 쇠약해지는 시아버지에게 설현서의 죽음을 말할 수 없었고 혹시나 시아버지가 아들의 죽음을 눈치챌까 염려됐기 때문이다.

시아버지를 생각할 때 김미영은 한 가지 의아한 점이 있었다. 설현서가 세상을 떠난 후 시아버지는 단 한 번도 아들을 언급하지 않았다는 것이다. 아들의 안부를 묻지도 않았고 이름 석 자를 말한 적도 없었다.

설날 직후 김미영이 요양병원을 찾았을 때였다.

"아가!"

"네, 아버님."

"세상에 이별은 없단다. 완전한 이별은 없어. 여기에 다 남아있지."

그러고 시아버지는 가슴에 손을 올렸었다.

운전 중인 김미영은 완전한 이별은 없다는 시아버지의 말을 저도 모르게 속으로 되뇌었다. 지금 세 모녀는 남양주 쉼터공원에 가는 중이다.

납골당이 흔히 그렇듯 쉼터공원은 도시 외곽에 있었다. 제법 긴 공원 진입로에 하얀 벚나무가 우거졌고 떨어진 꽃잎이 2차선 아스팔트 길을 하얗게 뒤덮었다. 공원 옆 분수대와 작은 정원을 비추는 햇살은 여기가 더 이상 우중충한 납골당이 아니라고 시위하는 듯했다. 공원을 찾은 방문객들은 마치 소풍 나온 모습 같았다.

세 모녀는 먼저 1층 사무실에 들렀다. 김미영이 직원에게 물었다.

"봉안함 옆에 놓을 책이 한 권 있는데요. 가능할까요?"

"공간이 있으면 가능합니다."

세 모녀는 2층 봉안실로 올라갔다. 김미영은 시아버지 장례를 치를 때 시부모를 2층 부부 봉안실에 안치했고, 설현서를 시부모 바로 아래 칸으로 옮겨 안치했었다. 연재는 가슴에 앙증맞은 꽃다발을, 연희는 책 한 권을 가슴에 안고 계단을 올랐다. 연희가 안고 있는 책은 '매직 in 카페', 설현서가 지은 책이었다. 올해 대학교에 입학한 연희는 자신이 아르바이트해서 번 돈에 엄마와 연재의 보탬을 받아서 아빠의 책을 제작했다. 연희는 혼자 힘으로 출판 비용을 감당할 수 있었지만, 가족이 모두 조금씩 보태는 게 의미 있다고 생각했다. 김미영과 연재 모두 연희의 생각에 동의했다.

할아버지 할머니와 아빠 앞에 서자 연재는 스마트폰을 꺼내 아빠의 봉안함 옆에 꽃다발을 들고 서서 셀카를 찍었다. 연희는 가져온 책을 내려다보았다.

"아빠, 이게 뭔 줄 알아? 나랑 연재랑 엄마가 만들었어."

연희가 아빠 얼굴 앞에 들이밀 듯 봉안함 앞에 책을 갖다 댔다.

"실례합니다. 어디죠?"

관리직원이 다가오며 물었다.

"여기요."

김미영이 설현서의 봉안함을 가리켰다. 직원은 봉안함을 가린 유리 덮개를 조심스럽게 열었다.

"연희야, 책!"

엄마의 말을 듣고 연희가 직원에게 책과 작은 액자를 건넸다. 연희가 책만 가져온 줄 알았던 김미영이 물었다.

"연희야, 액자도 가져왔니?"

"응."

"들꽃?"

김미영이 허리를 숙여 액자를 보았다.

들꽃

설현서

그가 견뎌낸 바람을

알 수 없으니

예뻐야 한다

강요하지 말고

물과 거름을 줄 테니

날 봐 달라 하지 마라

그를 그대로 보는 이에게

그는 고개를 들고

그저 바라보이는 것만으로

그는 눈부시게 아름다운 꽃을 피운다

"아빠 USB에 있던 거. 파일 이름이 Last words여서 혹시 아빠 유
언인가 해서 봤는데 시였어."

손으로 직접 쓴 아빠의 시를 작은 액자에 담은 연희는 그것을 아빠 옆에 두고 싶었던 거였다. 직원이 뒤로 물러나자, 김미영이 미소지며 말했다.

"연희야, 연재야, 우리 기도할까?"

　세 모녀는 눈을 감고 두 손 모아 각자 소망하는 바를 기도했다.

　'연희, 연재 아빠! 당신은 생각보다 좋은 가장, 좋은 아빠였는지 몰라. 부디 하늘나라에서 연희, 연재 지켜줘!'

　김미영은 두 딸을 위해 마음속으로 기도했고, 어느새 연재는 손끝까지 잡아당긴 옷소매로 설현서의 봉안함을 가린 유리를 입김을 불어가며 닦고 있었다.

　연희는 작은 목소리로 속삭였다.

"아빠! 아빠는 우리에게 세상에서 가장 아름다운 꽃이야!"